KB053451

노을에 젖은 책갈피

노을에 젖은 책갈피

전경옥 제3시집

젊은출판

4월 산수유 꽃눈을 시작으로 앞 다투어 예쁜 꽃들이 피어나고 있네요. 38년 동안 드나들던 사무실에도 꽃들이 피어서 나를 반깁니다. 저마다의 모습을 뽐내며 웃는 꽃들 곁에서 세 번째의 시집이 세상을 향해 고개를 내밀고 있습니다.

살아내느라 애쓴 이들에게 조금이나마 위로와 쉼표가 되기를 바라는 마음으로 세 번째의 시집을 준비하였습니다. "새는 자유를 찾아 푸른 하늘을 나는 게 아니라 먹이를 찾아 하늘을 난다."고 합니다.

무슨 일이건 10년이면 일가를 이룬다는데 저는 아직도 제 미흡한 모습을 보면서 세 번째의 시집에 매달려 있습니다.

글을 쓰는 일이 입학은 있는데 졸업은 없다는 것을 새삼 깨달으며 묵묵히 뚜벅뚜벅 걸어가렵니다.

시집을 내기까지 함께 공부한 문우님과 성심껏 가르쳐주신 김영식 선생님, 최연숙 선생님께 감사드립니다.

하지를 앞두고

전경옥 삼가 씀

제1부 청매화 그늘 되어

제2부 소쩍새 우는 밤

제3부 초가을 단상

제4부 첫눈 오는 날

제5부 캐나다 별천지 일기

제6부 케이세븐(K7)을 떠나보내며

제1부

/

/

청매화 그늘 되어

새봄을 간직한 매화 향기

십팔 세 소녀의 눈처럼

곱게 피어난 봄빛이 미소 짓는다

봄이 오는 길목

잠자던 대지에 새싹 틔우고
실안개 꽃봉오리 스치면
하얀 웃음꽃이 피어난다

수줍음 머금은 봄비
목련꽃 꽃술에 내려앉아
햇살 같은 사랑을 속삭인다

산수유 개나리 벚꽃
연달아 피는 봄
아지랑이 설레임에
파릇한 봄날이 익어간다

꽃그림 산책길 소고 小考

서울대공원 벚꽃 길
봄날의 발길이 빼곡하다
산뜻한 바람 한 무더기

지날 때마다
꽃나비 풀풀 날아
하얗게 내린다
행인들 발등에
고운 꽃비가 소복이 내린다

호숫가 둘레에는
라일락 향기 흩날리고
연둣빛 물버드나무
물가에서 살랑살랑 고갯짓한다

코끼리 열차 지나는 길가에 서 있는

자목련 나무 들뜬 행인들에게

작별 인사라도 하듯

자줏빛 꽃잎을 머리에 꽂아준다

'저희'라는 꽃을 피워

오늘은 어버이날 어느새 칠십 고개
카네이션 달아드릴
부모가 안 계시니
가슴에 쓸쓸함이 일렁인다

어젯밤 딸들이 놓고 간
카네이션과 선물
물끄러미 들여다 본다
재롱을 떨고 간
외손자 모습이 어린다
드로잉한 결혼사진
정성들여 만든 액자

"참으로 싱그럽고 아름다웠을

아빠 엄마의 청춘이

'저희'라는

고운 꽃을 피워 주서서 감사합니다."

박하사탕처럼 가슴이 화하다

세 딸을 낳아 키운 세월이

봄날 안개처럼 눈가에 어른거린다

엄마, 별이 되어주마

이스탄불의 나라, 튀르키예
지축을 뒤흔든 강진으로
수천 채 아파트가 무너져
절규가 하늘로 치솟는다
눈물이 대지에 휘감긴 공포 속
목숨을 건 구조 활동에도
절망은 꿈적도 하지 않는다

무릎을 꿇어 둥글게 웅크린
막막한 표정의 여인
그녀의 품 안에
3개월 된 아기의 눈빛이 빛난다

아가야!

만약 네가 생존하거든

내 몸이 부서져도

난 너를 하늘만큼 사랑한다는 걸

꼭 기억해야 한다

행복한 봄날

뜰앞 고목에 핀 화사한 벚꽃
봄날의 따사로움 아래
향기를 뿜어대는 순백의 빛
향긋한 내음이 창가로 밀려온다

한겨울 버틴 새들이 날아와
제 세상을 만난 듯
꽃가지를 넘나들며 쪼아 댄다

꽃술에 올챙이알처럼 박힌 점들
곧 새끼들이 깨어 나올 듯하다

창문을 밀고 바라보면
여름에는 시원한 그늘로
가을에는 빨간 단풍으로
겨울에는 눈꽃으로 피었지

아파트 오랜 정원에서

변함없이 함께해 준

화사한 얼굴 바라보며

남몰래 행복에 잠기는 봄날이다

소생의 기쁨

베란다 화분에 시들어가는 화초
현관문 밖 화단에 내다 심었다.
겨우내 곯아 상한 호박을
잘게 썰어 밑거름으로 주니

시들하던 꽃잎들이 하나 둘
생기를 되찾아
싱싱한 모습으로 다시 태어났다

작은 생명에 관한 관심
우리 주위에서
손짓하는 것을 하찮게 여기는
무관심 탓으로

숱한 생명이 하나 둘 사라지고 있다
작은 정성으로
탐스러운 꽃으로 돋아난 기쁨

현관을 드나드는
이웃들 얼굴에도 미소가 피어난다

꽃들의 향연

입춘 지나 차가운 기운 뚫고
노란 복수초 삐죽이
가녀린 꽃눈을 내밀었다

푸른 봄빛 돋아나는
고향 산골 마을 양지에
노랗게 피어있던
산수유꽃이 아른거린다

잔솔길에 미풍 소곤거리고
구름 걷힌 하늘가에서
따사로운 햇살이 내려온다

내 사는 아파트 뜨락에도

오래 묵은 벚나무

꽃눈 휘날리니

까치들도

이 가지 저 가지로

찌지직거리며 날아다닌다

들길에 지천인

봄까치꽃, 개나리꽃, 수선화

눈길을 붙잡고 놓아주지 않는다

들뜬 가슴에도

연분홍 봄빛이 살며시 기어든다

외갓집, 두 살이 되었다

남양주에서 과천까지
설 명절 외갓집 가는 길이 멀고 멀다
차창 밖 길가
앙상한 나뭇가지 겨울바람 소리

엄마 품에 안겨 한참 달려온 길
부스스 눈을 떠보니 과천
집안에 들어서니

한데 모인 가족들이 북적인다
키 큰 이모부와 외사촌 누나
다정한 형, 호빵 이모, 찌롱이 이모

낯선 분위기가 어쩐지 불안하다
서러움이 꾸짖듯
눈물이 왈칵 터져 나왔다
그치지 않는 울음 달래며
땀을 뻘뻘 흘리는 엄마 아빠

샘 쟁이 형이 곁에 있어 든든하다
형을 바라보며 울음을 그쳤다
외할머니 다가와
내 나이 이제 두 살이라 하신다

청매화 그늘 되어

겨울옷 벗고 봄이 오는 길목에
눈발 날리는 사잇길
연둣빛 살며시 내민 청매화

설레는 향기 마중 나오는 듯
푸르스름한 낯빛으로
새틋한 향기 움트는 소리 들린다

백매화 홍매화 친구들
지난해 부채에 피었던
동양화 문인화 추억을 더듬는다

새봄을 간직한 매화 향기
십팔 세 소녀의 눈처럼
곱게 피어난 봄빛이 미소 짓는다

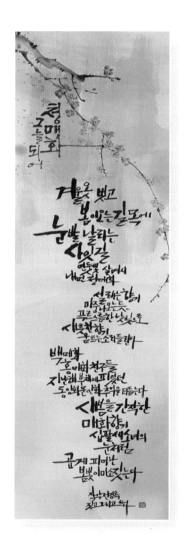

청매화
그늘 되어

겨울을 벗고
봄 잎는 길목에
눈발 날리는
사잇길
연둣빛 설레어
내린 잠 머리

설레는 향기
마중 나오는 듯
푸른 스란한 낮빛 후
새록한 향기
움트는 소리들 핀다

배매혹
향 미뢰 첫구들
지난해 봄해에 피었던
동양화 눈의 화 후위을 태운다

새봄을 간직한
매화 향기
십팔 세소녀의
눈처럼
곱게 피어난
봄빛이 미소 짓는다

작약 전경옥
짓고 그리고 쓰다 ㉞

봄의 전령

지난해 낙엽 떨군 벚나무
가쟁이에 실바람 스며든다

잔설이 녹아내린 계곡에는
밤을 지샌 초승달
실눈 뜬 달빛이 처연하다

공원에 목련화 꽃순이
꽃눈 살짝 내밀었다가
찬바람에 목을 슬쩍 움추린다

산기슭 낙엽 사이 봄까치꽃
푸릇한 생명의 기운이
말간 햇살을 찾아
가느스름한 눈빛을 내밀었다

제2부

소쩍새 우는 밤

오래된 고향 집 뒤란에는

백일홍, 채송화, 상사화

말없이 피어있어

눈 감으면 어머니 눈빛 같은

그리움이 한꺼번에 달려온다

슈퍼블루문이 떴다

8월의 마지막 날 밤

청계산 능선 위

보름달보다 크게 떠오른 달

사람들 양재천 길을 걷다 멈추고

신기한 눈빛으로

큰 바위 얼굴 슈퍼 블루문을 바라다 본다

5년 만에 기적 같은 경사

그간 코로나 괴질에 시달리며

지친 얼굴들이 환하게 얼굴 살을 편다

올가을엔

이 세상 상서로운 기운 감돌아

갈등과 재앙이 사라지고

저 달빛처럼 밝고 환한

그런 세상이 되었으면

내 마음도 푸르고 곱게 비추인다

대아미 이백李伯 카페

옛 납덕골 벽화 마을은
온데 간데 없고
조선시대 정원을
옮겨놓은 듯한
외따른 카페가 발길을 부른다

젊은 연인들 찾아와
조잘조잘 이야기꽃을 피우는 곳
하얀 웃음 아롱진 수국, 작약꽃
황금빛 드러낸 케모마일

갈치저수지 은빛 물결 번뜩이니
물고기 조각품도
눈빛에 화답하듯 꼬리를 흔든다
풍경소리 댕그렁 댕그렁
고요함 불러내어

초여름 행인들의

젖은 가슴 씻어주니

당나라 시인의 '산중문답'이 떠오른다

누군가 선뜻 나타나

왜 여길 찾았느냐 물어오면

대답 없이 그냥 빙긋이 웃으며

걸어 나올 것 같은

하루가 어느새 노을처럼 저문다

* 산중문답: 이백 작 문여하사서벽산- 왜 푸른 산속에 사시나요?
    소이부답심자한- 그저 웃지만 마음은 한가롭다네

황톳길 개미

대전 계족산 황톳길
맨발로 걷는 산책로 시원한
감촉이 매끄럽다

낭랑한 산새소리
앙증맞은 다람쥐들
불쑥 불쑥 튀어 나오는
오솔길

개암나무 아래 개미떼들
긴 행렬이 장엄하다

체로키 인디언들
오클라호마 보호구역으로
강제 이송되던 눈물의
여로처럼 뭉클하다

어린개미들은 쉬임없이
어디를 향해 가고 있는가
개미 닮은 우리의 삶도
저 높은 곳을 향하여 먼 길
걷고 있다

초등학교 동창 모임

폐교된 초등학교
교회 수련회 간판이 낯설다

푸른 물결이 넘실대는
홍성 남당리 항구
갈매기만 오락가락

카페 2층 동창생
17명이 떠들썩하다
전씨 일가 종친회에 온 듯하다
희끗한 머리칼이 세월을 말한다

6학년 담임이셨던 선생님
올해 94세로 긴 소풍을 끝내셨다
회초리가 매서웠던 선생님

열정적으로 가르쳐 주셔서
관내 중학교에 1, 2, 3등 합격
신문에 도배했었지

마음은 옛날 코 흘리던 시절
짓궂던 모습 그대로이다
전씨 일가들
옛이야기로 시간 가는 줄 몰랐다

시집과 수필집 전해주고
시를 낭송하며
지난 이야기를 대신해본다

물난리 소동

하늘이 찢어진 듯
쏟아지는 물줄기
삽시간에 거리가 강바닥이다

맨홀 뚜껑이 비명을 지르고
당황한 승용차 물에 잠겨
허우적대며 자맥질을 한다

신림동 다세대 주택들 달아나고
반지하 방이
물에 잠겨 옴짝달싹 못 한 채
장애인 일가족이 목숨을 바친다

영화 '기생충' 장면에서
기택의 집이 겪는 물난리
영화가 현실이 되어버린
처참한 스펙터클이 곳곳에 벌어진다

하늘은 종종 세상에게
예행연습 삼아
미리 경종을 울려주건만
무심한 인간들은
그 깊은 뜻 헤아리지 못하고
잊음을 반복하며
무명無明의 탓으로 살아가는 것인가?

향교 가는 길목

늘 푸른 댓잎 아침 바람에
서걱거리는 그늘에
자줏빛 달개비꽃
반기듯 웃고 있는 새벽길

한나절 더위를 예고하듯
맴맴 찌르르
외로운 매미들 울음소리

더위 속 밤송이 여물어 가고
계곡물 소리에
선잠에서 깨어난
잎새 달린 도토리 몇 툭 떨어진다

자하 동천 향교 동문 쪽으로

계곡을 거슬러 올라

맑은 물에 발목을 담그니

시원한 촉감이

무성한 더위를 확 날려 버린다

한여름날 푸른 새벽 한 줌 낚았다

7월, 눈 감으면

하늘에 조개구름 떠돌고
문전에 초록빛 볏잎들이
바람결에 일렁이던 날
매미소리 귀청 따갑게 울어댔지

풋감 주워 덤불에 묻어두고
햇볕 한 웅큼 보태어 말랑해진 감
동생들과 나누어 먹던 기억들

야산에 올라가 싱아 꺾어 먹고
삐비 뽑아
콧잔등에 올려놓고
"황새야 황새야 달콤하게 해주렴"
소리 내어 되뇌이곤 했던 시절

오래된 고향 집 뒤란에는

백일홍, 채송화, 상사화

말없이 피어있어

눈 감으면 어머니 눈빛 같은

그리움이 한꺼번에 달려온다

소쩍새 우는 밤

고요한 관악산 둘레길
소쩍새 우는 밤길을 걷는다
황금빛 안개처럼
가로등 불빛에 날리는 송홧가루

아카시아 꽃들도 아우러져
하얀 눈빛 드러내고
여인이 스치듯 꽃향내가 난다

향교 옆 계곡물 조잘거리는
청아한 물소리
대낮에 버티고 서 있던 왜가리는
어디에서 잠들어 있을까

이따금 소쩍새 울음소리

어둠을 헤치고 흘러나온다

어느 여인의 한 맺힌 울음이던가

밤꽃 향 한아름 가슴에 품고

불빛 기다리는 집으로 향한다

태풍의 광란

광풍을 이끌고 헐크처럼 나타난
힌남노가 한반도 남단을 강타했다

부산과 포항이 물난리로 아수라장이다
폭풍에 지붕이 찢겨 날아가고
도심의 거리가 강이 되어 허우적거린다
부두의 선박들이
방파제에 의지해 마구 흔들리고
공항의 여객기는
활주로에 납작 엎드려 꼼짝 못한다

도심 하천이 범람하여
아파트 지하주차장으로 들이닥쳤다
차를 대피시키던
주민 여러 명이 수장되었으나

천장 배관에 매달려

14시간 버틴 생명이

가까스로 소방 구조대에 실려 나온다

고요의 바다에서

태어난 눈동자가

어찌 이리 무자비한 망나니가 되었을까

끔찍한 횡포를 부리던

라오스 출신 힌남노가 귀신처럼 사라졌다

까마귀 떼 날던 날

일본에서 까마귀는 길조
골프장 잔디 위에 까마귀 떼
날갯짓하며 두리번 거리다
비갠 후 나들이한 지렁이를 향한다
날카로운 부리가 꽂히자
몸부림치며 에스(S)자로 비명을 지른다

일행들은 골프채를 휘두르며
나이스 샷! 굿~샷
하늘 높이 날아가는 공
크게 벌린 입으로 웃음꽃이 환하다

주변 해안가에서 기어오른
홍게 한 마리
눈 껌벅이며 옆걸음질하고
야생 사슴이 나타나
풀밭 걸으며 우리를 바라본다

오랫만에 후쿠오카에서 맛보는

해외 골프 여행

고운 햇살과 푸른 잔디가

우리들 마음에 평화를 안겨준다

끈끈한 사랑

막내딸의 잦은 산통으로
세 살배기 외손주를 재운 후
내게 맡기고
내외가 서둘러 병원으로 향했다

손주 옆에 누워 잠이 들었다
새벽 4시 경
잠결에 내 얼굴을 만지더니
제 엄마가 아님을 알고
두리번거리며 울음보를 터트린다

T.V를 켜 어린이 프로를 보여줬다
다행히 그친 울음보
"이젠 그만 보고 자자"
떼를 쓰며
엄마가 올 때까지 기다린단다

아빠 엄마 곁을 떠나본 적 없는
낯선 경험이라 그러겠지
"네 엄마도 네 나이 때
너처럼 그랬단다"며 달래본다

새벽 1시 38분
순산했다는 기쁜 소식
카톡 사진으로 보내왔다
새벽 내내 기다린 외손주
아빠 품에 안기어
얼굴 비벼대고 팔다리 흔들어 댄다

창가 제라늄 꽃이 환하게 웃고 있다

작은 풀꽃의 행복

한악산 오르는 초입에
선녀의 전설이 어린
연보라빛 비비추 꽃들

겨우내
엄동설한 거뜬히 이겨내고
옹기종기 어울려 피어난
청초한 모습이 앙증스럽다.

한송이만 달랑 피어있으면
얼마나 외로울까
사랑은 어우러질수록
더욱 커지는 아름다운 신비

평범한 이웃끼리도
서로 돕고 어울려
함께 살아가는게
행복이더라

작약 전영옥 시를 은하수 쓰다

제3부

/

/

초가을 단상

무덥던 여름 떠나고 남긴

세월의 더께가

마음의 창살에도

얼굴에도 살며시 내려 앉는다

가을 속으로

가을 산책길 걷다가
단풍잎 하나 주워
책갈피에 꽂고 가슴을 여민다
고향 하늘 저녁 길
풀벌레 우는 소리 들리는 듯

코스모스 핀 가을 길
커피 냄새가 가득하다
담 너머 매달린 감
석양빛 따라 물들고
은행나무 가지에도
금빛 나비들이 나풀거린다

무덥던 여름 떠나고 남긴
세월의 더께가
마음의 창살에도
얼굴에도 살며시 내려 앉는다

만경대를 펼쳐 보다

만경대 허리 품어 안은 운무雲霧
어디선가 천사가 나타날 듯
하얀 날개를 펼친다
운무 아래 펼쳐진 세상

대공원 미술관이 다가온다
기억 속에 떠오르는
전시관의
세잔, 고흐, 모네 그림들

만경대 아래 대공원 호수
수면 위로 날아든
물오리 떼 돛단배 띄우고
은빛 물결 스치며
왜가리 날갯짓이 넉넉하다

새벽 나절 하늘 닿은 운무 속

딴 세상을 거닐다 보니

일상에 젖은 시름

푸른 바람과 향기에 씻으며

내 영혼의 자유

한 마리 산새 되어

홀가분히 창공을 날아다닌다

※만경대: 과천 청계산에 있는 높은 산봉우리

도토리 몇 알

가을빛 짙게 물들어가는
관악산 둘레길
풀벌레 소리에 놀란 도토리
눈앞에 후드득 떨어진다
몇 알 주워 호랑에 집어넣는다

화선지 펼쳐놓고
갈빛 잎새의 실핏줄과
도토리 둥그런
정수리에 점을 찍고
미세한 선을 새겨 넣는다

다소 서투른 솜씨지만
모처럼 그려 본 화폭이
가을을 닮아가는지 그럴싸하다

한여름 천둥 번개
거뜬히 이겨내고
지상에 내려온 둥근 생명
다람쥐 청설모의 몫일까

플라타너스 잎새 나뒹구는 날

고향마을 폐교된 학교 운동장에
무성한 플라타너스
넉넉한 잎사귀
깊은 그늘을 내 가슴에 실어본다

떨어져 나뒹굴지 않았다면
신실한 생명인데
비에 젖은 낙엽은
운동화 뒤축에 자꾸 따라붙는다

플라타너스 낙엽 한 장 주워
손바닥에 얹고서
뒷면 실핏줄을 쓰다듬어 본다
가슴속 찌르르 흐르는 이슬

퇴직한 가장을 젖은 낙엽이라

말하지 말라. 그간

살아온 날들이 얼마나 치열했던가

돌아갈 집이 있다

안성 예술인 마을에서
선잠을 깬다
눈 쌓인 사위가 고즈넉하다

오디오에서는
슈베르트의 겨울 나그네가
옷깃을 세우고 걷는다
베토벤의 운명이
장엄하게 심금을 울린다

마당 한편
갈참나무 잎이
추위에 떨며
눈 속에 숨어있다
실금이 그어진 그대로

살아온 삶이 힘겨워
마음에도 얼굴에도
실금이 그어졌다

저녁때 돌아갈 집이 있다는 것은
힘들 때 마음속으로
의지할 주님이 있다는 것은

책갈피에 낙엽을 실어 보내며

동살에 비친 길거리는
산새의 노래로 새벽을 밝힌다
검은 하늘에 별들 반짝이고
밤을 지샌 초승달이 여인의 눈썹처럼 곱다

아직 거무스름한 거리에
떨어진 낙엽에는
한여름 비바람에 시달린 흔적이 박혀 있다

비바람에 가지는 꺾이고 시달려
숭굴숭굴 구멍이 난 낙엽들 흩어져 있다

푸석이 쌓인 낙엽 더미에서
고운 잎새 하나 집어 들어
책갈피에 말없이 끼워 넣는다

갓 출간한 수필집 서명란 옆에

풀로 붙여

정겨운 지인에게 실려 보낸다

어느 먼 훗날 그는

낙엽 옆에 새겨진 내 이름 석 자

기억하며 추억을 더듬고 있으리라

우리도 낙엽 되리니

한여름 무성하던 푸르름
온데 간데 없이
계절 따라 자취를 감추고

앙상한 나뭇가지에
울긋불긋 매달린 사연들
허공에 나부낀다

지난여름 숱한 비바람에
시달리며
이렇다 할 열매 없이

이제는 칙칙한 잎새 몇 잎들
숭숭 뚫린 구석마다
붉은 눈물 짓는다

낙엽들 이리저리

정처 없이 떠도는 가을 저녁

편지에 쓰고 싶은 사연들

가슴속 깊이 간직하고 있겠지!

타트라 산맥의 안식처

슬로바키아 타트라 산맥

이천 육백 고지

우리 일행의 하룻밤 안식처

빼곡한 침엽수

민들레 웃음꽃들

산짐승 도적도 나올만한 으슥한 곳

잰 걸음 뒤 따라오는 두려움

물안개 피어나는

옥빛 호수에 유유한 오리 한쌍

몰려다니는 물고기 떼

우리 부부는 배경

그림 한점

망망대해에 조각배 한척

힘겨운 역경에도 버팀목이 되어

한곳을 바라보며

동행했던 시간들

한땀한땀 박음질 하며

백발을 헤아려 보세

왜가리 한 마리

송홧가루 흩날리는 산책길
한겨울을 떠받쳐 온
푸른 소나무 정수리에
왜가리 한 마리 앉아 있다

무슨 생각에 잠겨 있는지
호수를 지긋이 내려 보다가
제 깃털을 주둥이로 다듬는다

산새 한 마리
포르륵 날아와 곁에 앉았지만
아랑곳하지 않고
제 몸의 깃털만 연신 매만진다

꽃놀이 동산을 찾아온

봄날 인파들

웃음 실은 걸음 소리

저 푸른 호숫가

깊은 물 수면 위로

물고기 떼 튀어 오르는데

눈만 껌벅거리고 있을 뿐

화사한 봄날에도

먹이를 찾아 나서는

어깻죽지가 버거운 모양이다

세월의 오솔길

이웃이 건네준 토실한 밤을 먹으며
뒷동산에 떨어진 알밤을 줍던
어린 시절이 달려 나온다

아빠가 깎아주시던
달콤한 맛
산등성에 날아가는 산새처럼
아득한 전설이 되었다

새로 이엉 엮어 올린 지붕
가을바람 잎 떨구고
빨갛게 매달린 홍시
저녁연기 풀풀 날리던
고향마을의 그리움

가을 들판에 고개 숙인 벼 이삭
산기슭 서걱거리는 갈대의 속삭임
파란 하늘 고추잠자리들

석양에 끼룩거리던 갈매기 떼
벼 줄기에 한가로이 톡톡거리며
뛰놀던 메뚜기들

행길가 하늘거리던 코스모스
세월의 뒤안길에 묻혀진
추억이 촉촉이 배어 나온다

초가을 단상

산길을 걷는다
백로의 찬 이슬
손끝에 초롱이 달라붙는다

하늘 아래
바위틈 뿌리내린 소나무
자잘한 솔방울들
가을빛에 물들어 선명하다

참나무 잎사귀 사이로
살며시 고개 내민 도토리
후드득

어디서 나타났는지
줄무늬 다람쥐 형제
금세 입에 물고 잽싸게 내뺀다

너럭바위에 질펀히 앉아

풀숲을 내려다보니

보라색 도라지꽃

초가을 빛 가득하다

가는 듯 오는 듯

가을은 가슴으로 오는가

※ 백로: 9월 9일 경으로 이슬이 내리기 시작.
　　가을이 본격적으로 시작하는 날

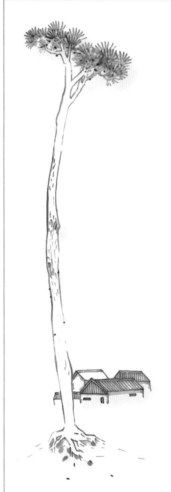

초가을 단상

전 경 우

산길을 걷는다
백로의 찬 이슬
손끝에 초승이 달라붙는다

하늘 아래
바위틈 뿌리내린 소나무
자잘한 솔방울들
가을빛에 물들어 선명하다

참나무 일사귀 사이로
살며시 고개 내민 도토리
후드득

어디서 나타났는지
줄무늬 다람쥐 형제
금세 입에 물고 잽싸게 내뺀다

너럭바위에 질펀히 앉아
풀숲을 내려다보니
보라빛 도라지 꽃
초가을 빛 가득하다

가는 듯 오는 듯
가을은 가슴으로 오는가

제4부

/

/

첫눈 오는 날

텅 빈 하늘 무심히 바라보다
눈가를 스치는 눈송이
슬픔처럼 가슴에 녹아 내린다

앙상한 나뭇가지

영욕의 세월 다 벗어던지고
빈손 팔 벌려
우두커니 서 있는 저 쓸쓸한 직립直立

따뜻한 봄날에는
가지마다 사랑 꽃 피웠고
한 여름엔 짙푸른 드레스
온몸에 성장하고
시원한 그늘을 선물하고
가을날엔
산야에 울긋불긋 수놓아
행인들 여행길을 부축였지

그 시간들 다 어디 가고
이젠 산새 몇 마리
놀고 간 시린 가지
노을 한 가닥 붙들고 먼 산을 바라본다

한겨울 눈처럼 꽃처럼

안성 미리내 예술인 마을
아늑한 산속
고요한 사위는 온통 백설의 천국

별장 장독대에도
정갈한 눈이 시루처럼 소복하다

이른 아침 까치 소리가
차가운 적막에서 아침 햇살을 부르고
베토벤의 장엄한 교향곡이
고요를 두드리며
삭막한 겨울 분위기에 온기를 돋운다

눈길을 밟는 발자국 소리가
동심을 부르며 국화꽃 무늬를 새기고

정원에 수북이 내려놓은 갈색 엽서들

겨울나무 발등에 이불이 되어

옹이진 상처를 포근히 감싸주고 있다

관악산 연주대에 오르며

새해 아침 관악산에 오른다
고요한 아우성
펄펄 날아오는 흰나비 떼
우뚝 선 바위
갈참나무 허리에 하얗게 덮인다
한겨울을 버티는 나뭇가지
겨울 나그네처럼 걷는
발자국을 고즈넉이 지켜본다

산새들의 지저귐도
겨울잠에 빠져있나
길섶 눈 밟히는
발자국 소리만 분주하다
아슬한 자일 위로
높이 하늘이 열리고
새날의 푸른 가슴이 열린다

층층 계단 숨 몰아 오르니
산 아래 펼쳐진 설원이
아득한 옛 추억을 부른다

열성경기를 하던 어린 아기
등에 들쳐 업고
허겁지겁 병원으로
내달리던 아픔이
눈 덮인 세월 속에 녹아내린다

미리내 다리 위에서

새해 이른 아침
두꺼운 코트에 털모자 눌러쓰고
새 마음으로 나선 대공원 산책길

청계산 봉우리에
흰 눈이 쌓여 알프스산과 흡사하다
호수의 빙판을 곱게 덮었다

호수 위로 스카이리프트
빈 의자만 줄지어 말없이 서있고
소나무 숲에서 까마귀
까악 까-악 어둠을 몰아내는 소리

간밤 추위에 움츠린 길고양이
허기진 눈동자 힐끔거리며
다리 위를 어슬렁어슬렁 지나간다

해가 바뀌었지만, 여전히

코로나 자욱한 안개 속에서

또 한해를 살아가야 하는 사람들

저마다 동녘햇살 향해

가슴을 펴고 걷는다

※ 미리내 다리: 과천 서울대공원에 있는 다리 이름

화양연화

새벽에 눈을 떴다
창문을 활짝 열었다
밤새 눈이 내려 나뭇가지 가지마다
눈부신 눈꽃이 장관이다

고목에 핀 눈꽃
질긴 생명력
까치 한 마리 날개를 푸드덕
새하얀 눈꽃을 날려버린다

청계산 만경대
가지마다 얼어붙은 상고대
바람과 안개와 추위의 삼박자
보석같이 눈부시게 빛난다

관악산에도 알프스 설경이다

지난겨울 슈베르트의 겨울 나그네를 들으며 걸었다

오늘도 관악은 나를 손짓하고 있지만

시린 다리로는 오를 수가 없구나

아!

내 삶의 화양연화는 눈꽃을 바라보며

사뿐히 걸었던 날 이었지!

툇마루에 앉아

과천 온온사 툇마루에 앉아
대나무 사이로 들락이는
참새들의 모습을 바라다본다

어릴 적 고향 집 뒤뜰에
눈꽃 내리는 대나무 사이로
포르락 포르락 드나드는 참새들
하얀 눈가루를 털어낸다

산천은 온통 백설의 천지
겨울 햇살이 눈부셔
어디가 길이고 어디가 밭인지
분간 못한 채
뽀드득뽀드득 눈길을 걷는다

국화꽃처럼 수놓은 발자국
사방에 나만의 흔적을 남긴다

지난 가을 해일은 초가지붕
추녀 끝에 매달린 고드름
장대를 휘둘러
오도독 오도독 씹으니
겨울 생기가 혀끝에 돋아난다

그 추억 가슴에 안고
먼 하늘 고향 생각에 젖는다

둥지 없는 새

도로변 앙상한 가지 위에
펄펄 눈이 내린다
새들의 둥지는 어디에 있을까

하염없이 내리는 눈을 맞으며
시린 다리 걸치고
슬픔을 뱉어내듯 지저귄다
눈망울 깜박이며
먼 산을 응시한다
어디로 날아가려는 것일까

지하철 입구에 노숙자 노인이
싸늘한 시멘트 바닥에
신문지 한 장 깔고 앉아 졸고 있다

어릴 적 군불 땔 아랫목에서

벌겋게 이글거리는

화롯불 쪼이던

그때가 그리워 중얼거리는 거겠지

눈 내린 새벽길

우수가 지난 때아닌 밤사이
관악산 향교 가는 길가에
눈망울 부푼 잔가지에
하얀 솜옷을 입혀 놓은
하늘꽃 바람꽃이 웃고 있다

밤새 어디서 지내다 나타났는지
까치 한 마리 푸드덕
눈꽃 핀 가지에 앉아
지나는 길손을 끔뻑 내려다본다

갈참나무 휘어진 가지에도
수북이 덮인 눈송이
아침 햇살이 살며시 쓰다듬는다

푸른 대숲에도 피어난 눈꽃이

지나는 바람결에

내 옷깃을 슬며시 스치고 간다

인형 세 자매

거실 T.V 탁자 위에
분홍 파랑 노랑 예쁜 인형
잘록한 허리에
긴 머리 위에 고운 리본
날씬하고 사랑스러운 세 아가씨

옆으로 팔을 벌린 채
엉덩이 요리조리 흔들며
쉼 없이 신나게 춤을 춘다

불빛만 보면 흔들어대는
앙증스런 세 아가씨
애교를 부리듯
오늘도 신바람이 나 있다

나도 덩달아 흔들어 본다
가족들 함박웃음이 터진다

예당호 모노레일

한 폭의 수묵화가 펼쳐진 듯
시원한 물과 산과 하늘이
한데 어우러진 예산 예당호의 풍경

출렁다리, 조각공원, 호숫길 따라
모노레일에 꿈을 싣고
뱀이 풀숲을 가듯 요리조리
날씬하고 유려한 몸짓으로
오르락내리락 스릴 넘치는
순환형 모노레일 봄빛을 부른다

햇살이 따사로운 봄날
삶의 궤도를 질주하듯
저 모노레일 마냥
오늘 하루를 무사히 달려본다

첫눈 오는 날

고향 마을 들길에
내리던 눈발처럼
첫눈이 푸설푸설 내린다

앙상한 가지에
드문드문 남은 낙엽들
엉겨 붙어 바람결에 떨고

플라타너스, 오동나무, 은행나무 잎새들
저희끼리
낮은 목소리로 소곤소곤 이야기한다

어릴 적 군고구마 먹으며
밤새도록 이야기꽃 피우던
겨울밤의 구수한 추억들

하늘나라로 떠나신 어머니 아버지
그리고 뿔뿔이 흩어진
그리운 오빠와 동생 생각에

텅 빈 하늘 무심히 바라보다
눈가를 스치는 눈송이
슬픔처럼 가슴에 녹아 내린다

첫눈 오는 날

고향 마을 들길에
내리던 눈발처럼
첫눈이 푸설푸설 내린다

앙상한 가지에
드문드문 남은 낙엽들
엉겨 붙어 바람결에 떨고

플라타너스, 오동나무, 은행나무 잎새들
저희끼리
낮은 목소리로 소곤소곤 이야기한다

어릴 적 군고구마 먹으며
밤새도록 이야기꽃 피우던
겨울밤의 구수한 추억들

하늘나라로 떠나신 어머니 아버지
그리고 뿔뿔이 흩어진
그리운 오빠와 동생 생각에

텅 빈 하늘 무심히 바라보다
눈가를 스치는 눈송이
슬픔처럼 가슴에 녹아 내린다

제5부

/

/

캐나다 별천지 일기

가깝고도 먼 나라 낯선 곳에서

고국 하늘 바라보며

깊고 푸른 꿈속

세상에 빠져들었다

용궁리 백송 나무

신암면 용궁리 추사 고택 뒤란에
200년 세월을 지켜온 백송 한 그루

조선 순조 때
부친 따라 청나라 연경에 갔을 때
품에 지녀온 사랑이
빛나는 천연기념물로 우뚝 서 있다

그토록 오랜 풍상을
타국에서 고향하늘 그리며
의지로 견뎌온 세월

청청하던 젊음 사라지고
세 가지 중 한 가지만 오롯이 남아
하얀 한복 한 벌 걸치고
추사의 혼백처럼 우두커니 서서
지나는 객들의 발길을 바라보고 있네

덩컨 시내 토템폴

캐나다 덩컨, 이라는 도시에
우리나라 장승 같은 토템폴이
재미난 표정들로 눈길을 끈다

시내를 한 바퀴 돌아 찾아간
시청청사
경내에도 토템폴이 있다
빨간색 기차 모형 옆에도
눈을 부라린 장승이 섬뜩하다

베어 마더가 어린 아기를 안고
그 위엔 올빼미가 앉아 있다
또한 장승 기둥 하나에
여러 얼굴이 일렬로
한 가문을 상징하는 장승도 있다

곰은 힘을, 올빼미는 지혜를 상징

원주민 부족들이 오랜 세월

거칠고 열악한 환경에서

오직 토템 신앙에 의존해 살아간 것이리라

첨단 문명시대를 살아가는

우리들 가슴에는

어떤 생각들을 조각하며 살아가고 있을까

캐나다, 별천지 일기

로키산맥 품속에 요호 국립공원
산봉우리마다
백설이 산신령처럼 앉아 있고
산자락에는
천연색 물감을 풀어놓은 듯한
에메랄드빛 호수가 펼쳐져 있다

여기가 도대체 어디인가?
천국 여행을 하는 듯한
신성한 황홀감이 온몸에 젖어든다

제스퍼 공원과 밴프 공원 사이
컬럼비아 대 빙원
설상차를 타고 빙하 안으로 들어선다
흐르는 빙하수 한컵 목을 축인다
태곳적 전설이
영혼을 쓰다듬으며 온몸에 배어든다

가는 곳마다 이어지는 선경들

눈앞에 펼쳐진 설산과 청잣빛 호수들

저 멀리 드높이 하얀 톱슨 산

짙푸른 멀린과 루이스 호수

밋밋하게 뻗어 오른 싱싱한 침엽수들

빅토리아산이 다가온다

천국 열차를 타고 꿈속에서

별천지 세상에 와 있는 느낌

신묘한 자연경관에

정신마저 빼앗긴 채 그저 탄성뿐이다

잠시 쉬어 보면

코로나 등쌀에 오래 시달리다
모처럼 나선 해외 골프 여행

일본으로 날아가
후쿠오카현 오이타 공항에 도착

유리를 닦아놓은 듯한
청량한 하늘과
남태평양에서
불어오는 신선한 바람
무성한 떡갈나무 숲으로
둘러싸인 로얄 퍼시픽 골프장

그윽한 산길 따라 들어선
27번 빌리지에 보따리 펼쳐놓고
야생화가 향긋하게
미소를 짓는 별빛 아래
맹꽁이 울음소리 정겹다

가깝고도 먼 나라 낯선 곳에서
고국 하늘 바라보며
깊고 푸른 꿈속
세상에 빠져들었다

부차드 가든 1

정원의 여왕이라 할까
신비한 나무와 꽃들이 들어선
캐나다의 선큰sunken가든
향기로운 꽃들과 희귀한 나무들이
살랑살랑 심신을 개운하게 한다

장미가든에는
신기한 꽃들이 산뜻한 얼굴로
우리를 맞이한다
장미 넝쿨 아치 속을 걸으니
은은한 장미향이 마음을 휘감는다

일본 가든에는 뜻밖에
히말라야 산 양귀비가
아양스런 자태를 뽐내며
진시황의 손길을 끌어안는다

이탈리아 가든

십자형 연못 가운데

전령의 신 헤르메스 동상이

우뚝 서 위용을 자랑하고 있다

지중해 가든 에는

온화한 기후에 잘 자라는

해양성 식물들이 무성히 너울거린다

각양각색의 가든 한 바퀴 돌고 나니

몸과 마음이

연하 선경을 다녀온 듯 오묘한 기분이다

* 연하선경: 지리산 주 능선 25키로미터 중에서 가장 아름다운 구간
          세석대피소에서부터 시작해서 세석평전, 촛대봉, 연화봉까지
          이어지는 2.6 키로미터 구간

부차드 가든 2

캐나다의 유명한 식당과 카페가 있는 곳으로
이동해 둘러본다

다양한 메뉴의 음식과 특이한 방식으로
로스팅한 원두 커피향이 코끝을 자극한다

서점가에는
2013년 노벨문학상을 수상한
엘리스 먼로 여사가 운영하는
서점, 먼로스 북스
고풍스런 분위기에 책들이 수북하다
수상작 〈디어 라이프〉가
유난히 눈길을 끌어당긴다

디어 라이프!
되뇌이며 〈소중한 삶〉을 꿈꾸어 본다

한 바퀴 돌아 들린, 러셀 북스,
빅토리아의 자존심을 간직한
유명한 중고 서점이라고 한다

직원들이 사다리를 타고 올라가
주문한 책을 찾아
고객들에게 전해 주는 모습이 이채롭다

향기로운 꽃과 아름다운 책들
러셀 북스 품안에서
나의 뒤안길을 뒤돌아보며
한 권의 책으로
이국의 하늘 아래서 마음을 담아 보리라

나전칠기

여행길에 나선
목포 자연사 박물관
현대 한국 나전칠기
36인 특별전이 눈길을 끈다

내 마음을 사로잡은
장생 문 끊음질 보석함 하나
양쪽에 학 두 마리
먼 곳을 응시하며 서 있는 모습

섬세한 문양
옛 조상의 얼이
아로새겨진 향기로운 작품
작가는 떠나도 작품은 영원하다

옆자리에는 수국 문채가 아로새겨진
무형 문화재 한 점
다소곳이 앉아
목포 자연사 박물관에서
숨쉬고 있다

어린 시절
늘상 바라보던
엄마의 나전칠기
경대와 닮아있다

명절에 화장대 앞에 앉아
분도 바르고 루즈도
발라 주시던 어머니
기억 속에 가물거린다

안부 전해다오

남쪽 영암 월출산 아래
빈 들녘에 피어있는 갈대숲
숲길을 걷는 사람들의
목소리가 바람결에 흔들린다

어릴 적 다정하던 친구에게
내 소식도
전해주렴

알았다는 듯
끼룩끼룩
나그네의 늦가을을 붙들고
날아간다

무명 시인 시 한편 떠오른다

"울고 가는 저 기러기/어디 가는 길손인가

조각달 실은 배는/물결 위에 고이 잔다"

내 마음도 그 물결 따라

가을이 깊어간다

새들처럼 날고 싶다

쿠알라룸푸르 공항에서
승용차로 20분 거리에 있는
릴라이 스프링스 골프장

양탄자같이 푸른 잔디밭 위로
자유롭게 날아다니는 새들의 천국

주황색 눈동자의 솔딱새
검은 머리 갈색 찌르레기
노랑 꼬리 달린 직박구리
골프공이 날아간 능선을 타고 자유를 만끽한다

우리 외손주들은 언제 이런 자유를 누려볼까

어린이들은 학교에 입학하자마자

학교 수업이 끝나고도

이학원, 저학원 밤늦게까지 온종일 시달린다

언제나 저 새들처럼

자유로운 세상을 맛보게 될까

노형 수퍼마켓

오랜 세월 끝에
닫혔던 수퍼마켓이
새로운 미디어 전시관으로 다시 열렸다

포가튼-도어forgotten-door
두 번째 지구를 연결해 준다
불안정한 공간이 열려
수퍼마켓의 색을 모두 빨아들인다

포가튼-도어 너머 세계
다양한 색채로 인해
흔히 볼 수 없는 신비로운 광경

어떤 상황에서든
네 색깔을 잃지 마세요
그곳이 낯선 미지의 공간일지라도

1층에는 '와랑와랑' 전시관

2층에는 '베롱베롱' 전시관

7가지 테마의 미디어 쇼가 다채로이 펼쳐진다

숲속에는 신비가 숨어있고

공룡과 사슴이 어슬렁거린다

바닷속 물고기도 흐느적이며 유영을 한다

색다른 경험에 흠뻑 빠져들어

아기들이나 어른이나

신기한 듯 물속에서 허우적거려 보기도 하며

한데 어울려 신나는 우리 가족들

신비의 빛 속을 신기한 듯 걸어도 보며

색다른 미디어 세상 실컷 구경하고 나온다

* 노형 수퍼마켓: 제주도 해안동에 위치한 미디어아트 전시관

* 베롱베롱: 여러 빛깔의 작은 점이나 줄

* 와랑와랑: 울리는 소리 요란하다

행복을 찍는다

청바지에 회색 상의를 입고
딸들 세 가족과 떠난
제주도 여행

아홉 명의 가족이
렌터카 두 대에 나누어 타고
비자림 빼곡한 숲속으로 들어간다

그곳에서 기다리던
전문 사진사를 만나 포즈를 취했다

이제 나이 지긋한 노년에
리마인드-웨딩 사진을 찍는 기분이다

사진사가 마술처럼

실물보다 훨씬 젊게 나온 사진들

온 가족들이 돌려가며 보니

언제 이런 사진 찍을 날이 다시 올까

가슴이 뭉쿨! 눈가에 이슬이 맺힌다

제6부

/

/

케이세븐(K7)을 떠나보내며

어릴적 어머니 손잡고

냇가에서 두꺼비 집 짓고

흙놀이 하던 추억이

저녁노을에 아련히 걸려 있다

예산 황새 공원에서

예산군 광시면 시목리 마을
군에서 조성한 황새공원
60여 마리가 하늘로 둥그렇게
하얀 그물망 안에서
너른 호수공원을 걸어 다니고 있다

어릴 적 고향 마을에서 보았던
황새들을 바라보니
높은 소나무 위에서
먹이를 쪼아 먹으며 깃을 치고
앉아있던 모습이 눈가에 선하다

몇 해 전에는
"대한민국 만세 예산"의 앞 글자를 따서
붙인 대황이, 한황이, 민황이 등
8마리를 하늘 높이
날려 보냈는데 잘살고 있다고 한다

안타깝게도
황새공원에 사는 황새들은
날개깃을 다듬어 놓아
하늘을 훨훨 날지 못하고
그저 날갯짓만 하며 엉금엉금 기어 다니고
있는 모습에 안타까운 마음이 든다

천연기념물로 지정된 새들이어서
보존을 위해서라고 하지만
푸른 하늘을 나는 자유를 잃어버린
존재의 슬픔이 가슴을 쓸쓸하게 한다

토종 황새는 사라진 지 오래고

이곳의 새들은

러시아에서 들여온 새들이라니

마음이 가까스로 허전하다

옛 추억이 눈앞에 있으니 그나마 다행이다

이들에게도 어서 자유의 날이 오기를 빈다

포크레인 놀이

장난감 포크레인, 트럭을 챙겨
외손자 손을 잡고 현관문을 나선다.

지난번 갔다 온 관악산 숲길
향교 옆 흙마당 한 모퉁이
흙이 많은 곳에 자리를 잡았다

빛고운 황토 흙은 포크레인에 실어
할머니 손바닥에
한번, 두 번, 세 번
"할머니 선물이야." 내 손에 담는다

세상 이보다 더 귀한 선물 어디 있으랴
손자의 얼굴에 환한 기쁨이 가득하다

계곡에 물소리 졸졸거리던 시간
어느새 산 그림자 내려오고
모기떼도 서둘러 윙윙 거린다

어릴적 어머니 손잡고
냇가에서 두꺼비 집 짓고
흙놀이 하던 추억이
저녁노을에 아련히 걸려 있다

이태원의 비명

핼러윈 축제 행사로 빼곡히 들어찬
이태원의 밤거리
젊은 인파의 아우성이
거리의 밤공기를 가득 채웠다
술렁이던 거리가
갑자기 쓰러져 짓밟힌
길바닥이 까마귀처럼 울고 있다

싸늘한 낙엽처럼 찢어져 누워버린
젊은 꽃잎들이
어둠의 거리에 즐비하게 깔려
조문 나온 국화꽃도
슬픈 눈빛으로 얼룩져 흩어져 있다

유령 복장에 괴물 분장하고
집집마다 찾아다니며
사랑의 초콜릿을 나누던 축제가
한순간에 무너져
비명이 뒤엉킨 난장판이 되었다

잎새들은 떨어져 새봄을 기약하지만
무너지고 깨어진
젊은 영혼은 가을과 함께 떠나가고
불빛 수놓았던 밤거리는
적막과 우울한 바람만 지나간다

케이 세븐(k7)을 떠나보내며

십여 년 길고도 짧은 세월
두 눈 휘둥그레 뜨고
이 거리 저 거리 달리던
나의 동반자

트렁크에 소중한 물품들
하나, 둘 꺼내어 속을 비운다
너와 결별해야 할 시간
막상 떠나보내려니
이별의 슬픔으로 가슴이 축축하다

숱한 사람들 네 품에 싣고
만나고 헤어짐, 반복한 세월
어떤 때는 즐거움
어떤 때는 서글픔의 고락을 함께했지

마지막 결별의 시간

부디 좋은 사람 만나

내 사랑 못지않게

귀여움받으며 잘 살기를 빌며

정갈한 수건으로

코와 입과 등을 말끔히 닦아 준다

황새의 사랑법

예산 광시면 황새 공원에
둥지를 튼 황새 한 쌍

늘씬한 몸매를 뽐내며
애정 표현 방식으로
긴 부리로 입을 열었다 닫았다
서로 사랑의 밀어를 나누고
긴 목 휘감아 사랑을 교감한다

한번 짝을 만나면 홀로 되어도
다른 짝을 찾지 않고
혼자 살아가는 지조 있는 새

새끼를 돌볼 때에도
서로 미루지 않고
역할을 분담하며 지낸다

푸른 대자연 속에서

행복을 수놓으며 사는

황새가 문득 그리워지는 날이다

예당호수에서 날갯짓하며

유유히 나르는 황새를

우두커니 바라만 본다

오징어 게임

넷플릭스 한국 영화 '오징어게임'이
'에미상'을 수상했다는 소식이
매시간 뉴스의 첫 장을 장식한다

막다른 삶을 살아가는
푸른 제복의 군상들
456억을 놓고 최후의 일인자가 되기 위해
벌이는 살벌한 서든 서바이벌 게임

경제적 불평등
도덕적 파산에 대한
현실 세계의 우려를 다룬 '오징어게임'

어린 시절 시골 마당에서
편을 갈라
'팔자 가이생' 놀이하던 기억이 새롭다

옛 추억의 놀이가

드라마 영상의 최고 영예인

'에미상' 수상작이라니

우리들 가슴에

아름다운 무궁화꽃이 활짝 피어난 셈이다

가장 한국적인 것이 가장 세계적인 것

이란 말을 새삼 가슴에 새겨본다

영화 '기생충'과 방탄 소년 공연에 이어

우리나라의 기상이

하늘 높이 푸르게 솟아오르는 가을날이다

이국의 대자연

러시아 그레이트 바이칼 호수
고요한 아름다움이
걷는 수고를 마다하지 않는다
낯선 이국의 대자연의 매혹

시베리아 중남부 툰카 국립공원
몽골의 색채가 묻어난다
풍습 얼굴 우리와 닮아있다

툰카밸리 자연 그대로의 모습
아르산 온천 마을이 정겹다
밤하늘의 별빛을 덮고 잠이 든
아기 참새들

이국의 하룻밤이
기억 속에 가물거린다

나의 삶은 벌써

이만큼이나 왔는데

바이러스 물리치고

언제쯤이나 다시 한번

가볼 수 있으려나

고구마 줄기의 절규

아파트 현관문 옆
공터에 심은 고구마 순
고개를 떨군 채
땅바닥에 바싹 엎드려 있다

기억력을 상실한 봄 가뭄에
황달 빛 주눅 든 잎사귀들
기다림에 지쳤는지
거름흙을 덥석 뿌려주어도
고질병 낫지 않는 웅달 탓

이곳은 내가 살 곳이 아니라고
고개를 절레절레 흔드는
해쓱한 얼굴을 들여다본다

꽃도 열매도 맺어보지 못한 채

한 달 두 달 그렇게

실의에 빠진 그 눈빛

푸른 생명의 빛 언제 돋아날까

꽃도둑 생각

현관 앞 정원에 잡초만 무성하다
잡초를 죄다 뽑아내고
흙을 골라 고구마를 심었다
두 해 연속 뿌리는 맺히지 않고
넝쿨만 그저 무성히 퍼져 있다

다시 고구마 넝쿨 걷어내고
베란다의 화초를 옮겨 심었다
꽃도 피고 잎새들도 무성하다

현관문을 들고 날 때마다
얼굴에 미소가 피어났다
오가는 사람들도 정겨운 눈빛이다

어제저녁엔

현관문을 들어서며 바라보니

예쁘게 피었던 꽃들이 사라졌다

정원에 피었던 분홍빛 상사화

그 모습이

고향 뒤란에 피었던 꽃이어서

볼 때마다

고향 생각에 잠기곤 했는데

그 꽃이 보이지 않으니 허전하다

우리 동네에는

꽃 도둑이 살고 있나 보다

히말라야 등반의 꿈

풍요의 여신, 안나푸르나
6천 7천 미터의 웅장한 봉우리들
캠프를 둘러싸고 있는 신비한 설산

웅장한 산봉우리들이 밤 속에 갇힌다
촛불 하나로 어둠을 밀어내고
모닥불로 빛을 넓히는 베이스캠프

포카라 마을로 내려오니
함라초랑 언덕에 꽃무릇이 한창이다
현지의 구릿빛 얼굴들

척박한 땅에서 전통을 지키며
자연의 순리에 따라 살아가는
소박한 행복이 있다고 미소로 말한다

무릎에서 뚝 뚝 하는 소리가 난다
히말라야 등반의 꿈은, 이제
사라졌다고 중얼거리며

안개처럼 눈 속에 가물거리는
신비의 설산을
그려보는 밤이 깊어간다

끝이 아니라 새로운 시작이다

죽음은 위대한 스승이다
그분의 사랑이 나를 감쌀때에
안심이다
사람들은 본향을 그리워한다
내가 거듭났다면 두려울것이 없다

여기가 자기 본향이라고 알고 살고 있다
꿈에서도 보았던 본향으로 가는 것
죽기를 두려워한다
하나님의 영이 있는데
죽음은 끝이 아니라 새로운 시작이다

하나님 나라로 들어가는 것
사도 바울이 이 땅에 남아 있는 것은
복음을 전파하기 위해서다

메멘토 모리
죽는다는 것을 기억하라
카르페 디엠
지금 이 순간에 충실하라

온전한 삶을 살기 위해서는
처음처럼 마지막처럼 살면
살아가는 태도가 달라진다
주님이 원하시고 계획 한대로 살아라

아름답게 살기 원한다면
죽음을 인식하고 웰다잉 하며 살아라
인생은 한정되어 있다

죽음을 두려워하지 말라
처음 경험하는 것이므로
누구나 두려워한다
기쁘게 감사하게 살아가라

죽음을 앞두고 가장 후회하는 것은

하고 싶은 것을 하지 못했다
자신이 행복하지 못했다
관계의 묶임으로
자유함을 누리지 못했다

일과 남들과 시간을 쓰며
소중한 가족들과
시간을 같이 보내지 못했다

물질에 집착하고
소유하느라
정신없이 살았다

먹고 사는데 정신을 쏟느라
가난한 사람을 돌보고
은사와 기술들을 나누며
살지 못했다

자유의지로 살지 못했다
문제 해결에 초점을 두며
눈치 보며 살았다
무엇을 해보지 못했다
하고 싶은 일을 해라

오늘이 인생의 마지막인 것처럼
시간을 소중히 여기고
버켓 리스트를 만들어라

삶을 살려고만 살았다
내 안에 그리스도께서 사는 것이다
주님의 계획하신 대로 살았는가?

-어느 목사님의 말씀 중에서-

사랑의 둥지

새벽 창문을 두드리는
새들의 지저귐 소리
감나무 가지 위에
이름모를 새들의 둥지

전경옥 짓고 쓰다

평설

김종(시인·화가)

둥근 자연과 마음 맞추어 살아가기
- "박하사탕처럼 가슴에 화한"

김종(시인·화가)

먼저 필자가 전경옥 시인의 두 번째 시집『감쪽지 사랑』에 썼던 평설 한 부분을 소개한다.

우리 시대는 그리워하는 모두를 고향으로 묶어도 좋을 것이다. 누구에게나 고향은 그리운가 하면 간절하고 간절한가 하면 그립다. 고향은 나의 과거가 살아 숨 쉬는 공간이며 인정간의 여러 일들이 샘물처럼 찰랑대는 곳이며 이 많은 세월에 나를 성장시킨 우주공간과의 관계이기도 하다. 그래서 살았던 장소와 잊히지 않는 시간의 뒷자리마다 유의미한 사건들이 이 오랜 세월을 흐르고 있다. 요컨대 사람이 태어나 성장한 곳을 고향이라 할 때 어머니 뱃속에서 태어난 것을 생물학적인 탄생이라면 고향이라는 장소에서 성장한 것은 지리적인 탄생이라 하겠다. 그런데 자신이 태어난 시간과 장소가 동일하기에 자연과 고향은 하나가 된다. 고향은 나와 나를 상대한 사람에다 자연까지를 포함하기에 고향산천이라고 부르는 것이다.

그런 의미에서 고향은 태생적 거처일 수도 있고 떠나와서 그리는 유토피아일 수도 있다. 현대인은 너나없이 실향민이다. 고향상실에 젖어 사는 현대인에게 고향은 영상이 스치듯이 파노라마가 되어 지나간다. 풍경은 그대로인데 그곳에서 살아가던 옛 사람들의 모습이 마냥 그리움이 되어 변색 되지 않은 영상으로 지나는 것이다. 전경옥 시인의 이번 시집 『감꼭지 사랑』에서는 계절을 노래하든, 회식자리의 훈훈함을 노래하든, '부부 목'이라는 사물적 현상을 노래하든, 도시락을 건네며 따스한 체온을 나누는 모자간의 사랑을 노래하든, '감꼭지'의 추억을 통한 유년의 사랑을 노래하든 거기에는 자연과 고향에 대한 훼손되지 않은 그리움이 펼쳐지고 있다. 이

만한 자연, 이만한 고향, 이만한 그리움이면 어디에
서 무엇을 더 읽을 것인가.

우리는 다시금 전경옥 시인의 세 번째 시집『노을에
젖은 책갈피』를 만나면서 새삼 그의 자연과 고향과 그
리움을 노래한 괄목상대와 마주하고 있다. 그의 시적
체질이 그 같았음을 보이는 일이며 이는 샘물처럼 솟
아서 물길을 만들었고 머나먼 우주 공간을 향하여 강
물처럼 흐르고 있다. 특별히 시를 쓰는 사람이 아니더
라도 우리 모두에게 이 같은 그리움이 없었다면 그 많
은 세월을 무미건조한 목석처럼 지낼 수밖에 없을 것
이다. 아니 이들 목석에게도 그 같은 그리움이란 게
있어서 사방팔방 팔을 벌려 하늘을 보며 호흡하는지
도 모를 일이다.

  * 갈급한 분들에게 한 바가지의 위안이라도

전경옥 시인의 작품들을 독서하면서 〈황무지〉로 유
명한 T.S 엘리엇을 떠올렸는데 이는 결코 우연은 아닌
것 같다. 엘리엇은 생전에 세 가지의 불만이 있었다.

자신이 매일 근무하는 은행원이라는 직업, 사교적이면서도 종교가 다른 아내, 그리고 제1차 세계대전이라는 비극적 상황 등에 대해서 작품창작을 하는 그로서는 많은 고민이 함께 하고 있었다. 내성적이면서도 비사교적이었던 엘리엇에게 은행원이라는 직업은 자신의 시적 서정성을 풀어내는데 부적합하다 여겼던 것이며 혼자서 사유하기를 좋아하는 자신에 비해 심히 사교적인 아내가 마땅찮았을 것이다. 당시는 제1차 세계대전 중이어서 자신이 처한 시대적 상황 또한 작품을 풀어내는데 부적합하다고 여긴 것이다.

그러면서 풀어낸 작품이 〈황무지〉, 〈성회 수요일〉, 〈프룩프룩 연가〉 등의 역작을 창작할 수 있었다. 이 점에서 전경옥 시인의 작품창작과 직업 환경이 엘리엇을 닮은 것은 아닌지 하는 생각이 들었다. 1888년 미국 세인트루이스의 중산층 가정에서 태어난 엘리엇은 시인인 어머니의 영향을 받은 관계로 어린 시절부터 문학적인 환경에서 성장하였지만 그가 세계적인 시인이 되기까지는 평론가 에즈라 파운드를 만난 행운도 있었고 이로 인한 영국국적으로 노벨문학상을 받았지만 그를 둘러싼 창작상의 핸디캡이 되레 유명시인을 만든 것은 아닌가 싶기도 하다.

지난 번 시집을 독서할 때는 몰랐는데 전경옥 시인의 이번 시집의 평설을 집필하면서 들여다본 이력사항에는 직업과 관련하여 첫 느낌부터 참 바쁘게 생활하신 분이라는 생각부터 했었다. 이미 40년이 가깝도록 자신의 생업을 계속해 왔고 그 세월에 경기대, 동국대 등 두 대학원에서 최고위 과정을 그것도 자신의 전공 분야와 관련하여 이수하였다든지 자격증 시대를 능동 대처하여 독서지도사 외 6과목의 자격을 취득한 것 등등은 그의 활동의 폭이 어떠한가를 말해주는 대목으로 이해된다. 여기에다 '한국추사서예대전' 문인화부에서의 입상도 이채롭기만 하다. 이 모든 것들을 이루기 위한 그만의 발분망식이 체감된 마당에 그토록 자신을 힘 있게 추진시켜온 일이 용이하지만은 않았을 것임을 짐작해보는 것이다.

전경옥 시인이 직업전선에 발을 들일 당시만 해도 지금과는 비교도 되지 않을 만큼 여성들의 사회활동이 제한되거나 드문 시대였다. 그런데 그 같은 시대환경을 뛰어넘어 개척자적으로 자신의 몸을 세워 직업과 사회활동을 계속하고 문학 세상에 그것도 시와 수

필 등 두 분야에 진출한 것은 그 때문에 흘렸던 땀과 눈물을 새삼 떠오르게 하는 대목이다. 이에 대해서는 본인의 말마따나 생각이 갈급한 분들에게 시원한 한 바가지의 위안이라도 제공하기 위해 뛰어든 일이라니 감사하기까지 하다. 그러는 사이에 벌써 세 권의 시집과 두 권의 수필집을 상재함은 물론 여기에 그간의 활동 등을 평가받아 몇 개의 수상경력까지도 추가하고 있다.

필자가 살핀 전경옥 시인의 고향은 충남 홍성인데 이곳은 만해 한용운 시인, 백야 김좌진 장군의 고향이기도 하며 한국의 근·현대사에 걸출한 다수의 인물들이 배출된 유서 깊은 고을이다. 이는 전경옥 시인의 작품 활동의 폭과 관련하여 결코 무관하다고 볼 수 없는 대목이기도 하다.

시인은 항용 행복한 관찰자다. 시를 통한 관찰자의 모습은 전경옥 시인에게서도 보란 듯이 검출된다. 한마디로 시인은 언어에 관한 한 대단한 권력자라 하겠다. 세상을 향해 시인이 보내는 눈길은 누구보다 먼저 보고 표현하는 일이다. 사람들이 잠든 시간에 자신만의 산마루에 올라 세상을 조망하고 노래하는 사람이니 시인은 천성적으로 고독할 수밖에 없다. 이 점에서 전경옥시인 또한 사유를 통한 고독자일 수밖에 없겠고 우리도 시인의 고독 속으로 침잠해본다.

겨울옷 벗고 봄이 오는 길목에
눈발 날리는 사잇길
연둣빛 살며시 내민 청매화

설레는 향기 마중 나오는 듯
푸르스름한 낯빛으로
새틋한 향기 움트는 소리 들린다

백매화 홍매화 친구들
지난해 부채에 피었던
동양화 문인화 추억을 더듬는다

새봄을 간직한 매화향기
십팔 세 소녀의 눈처럼
곱게 피어난 봄빛이 미소 짓는다

　　　　　　　　　　　-〈청매화 그늘 되어〉

작품으로 읽은 청매화의 인상이 봄이 오는 '눈발 날리는 사잇길'에서 '겨울옷 벗고' 살며시 얼굴을 내밀고 있는 시골 아가씨를 보는 것 같다. 그 자리에 화자 또한 설레는 향기가 되어 마중 나온 '푸르스름한 낯빛'의 청매화와 마주한 자리에는 새싹들이 움트는 '새틋한' 계절의 소리 또한 들을 수 있었다. 작품 속의 화자는 살며시 얼굴을 내민 청매화를 보면서 "지난해 부채에"다 문인화로 그려서 담았던 '백매화 홍매화 친구들'을 소환하고 있다.

*벌써부터 가슴에는 물들기 시작한 가을

옛 선비들의 큰 덕목 중에는 매화 한 가지쯤은 운치 있게 묘사하고 그 위에 작품에 맞는 화제를 적어 넣는 일이 필수사항처럼 되어있었다. 사실 봄이 오는 자리에는 아직 한기가 만만찮았을 것이고 거기에는 자신의 향기를 자랑이라도 하듯 꽃부터 피워놓고부터 보는 청매화의 행색은 남 먼저 세상을 불 밝히기 위해 시인 자신이 발 벗고 나섰다는 말에 다름 아니다. 화자는 새봄은 새봄이되 아직은 으스스한 날씨에 매화 향기를 맡으며 "십팔 세 소녀의 눈처럼/곱게 피어난 봄빛"을 미소처럼 대하고 있는 중이다. 작품의 제목이 〈청매화 그늘 되어〉라고 했으니 이 작품에 스민 창작 의도는 청매화 핀 계절에 세상 사람이 쉬어갈 자리를 만들겠다는 휴식의 의미를 담아낸 것은 아니었을까.

산길을 걷는다
백로˚의 찬 이슬
손끝에 초롱이 달라붙는다

하늘 아래
바위틈 뿌리내린 소나무
자잘한 솔방울들
가을빛에 물들어 선명하다

참나무 잎사귀 사이로
살며시 고개 내민 도토리
후드득

어디서 나타났는지

줄무늬 다람쥐 형제
금세 입에 물고 잽싸게 내뺀다

너럭바위에 질펀히 앉아
풀숲을 내려다보니
보라색 도라지꽃
초가을 빛 가득하다
가는 듯 오는 듯
가을은 가슴으로 오는가

*백로: 9월 9일 경으로 이슬이 내리기 시작. 가을이 본격적
으로 시작하는 날

-〈초가을 단상〉

작품 제목이 〈초가을 단상〉이니 이것과 관련하여 장
마가 걷힌 후인 백로 무렵이어서 맑은 날씨가 이어지
고 가을에 접어드는 시기를 이리 노래한 것이 아닌가
싶다. 작품은 시작에서부터 "칠월 백로에 패지 않는
벼는 먹어도 팔월 백로에 패지 않는 벼는 못 먹는다"
는 말을 떠오르게 한다. 백로 전에 패는 벼는 제대로

익지만 그 후에 패는 벼는 서리를 견디지 못하고 말라 버린다는 것에서 유래한 말이라 생각된다. 이 무렵이면 다가오는 중추절을 쇠기 위해 조상들의 묘소를 찾아 벌초가 한창일 때이다. 작품의 각주에서도 밝히고 있지만 '백로'는 대개는 9월 8일 전후로 음력 8월에 들며 가을이 본격적으로 시작되는 시기이다. 이 절기의 이름을 '흰 이슬'이란 의미의 '백로'라 한 것은 이맘 쯤이면 밤의 기온이 이슬점 이하로 내려가 풀잎이나 물체에 이슬이 맺히는 현상에서 유래한 것이다.

작품에서 우리는 '백로의 찬 이슬'을 느끼며 산길을 걷는 화자의 모습을 본다. 그리고 손끝에 이슬이 젖는 것을 "초롱이 달라붙는다"는 예쁜 표현으로 대신하고 있다. '초롱'이 뭔가. 바람에 촛불이 꺼지지 않도록 겉에 천 따위를 씌운 등燈을 그리 이르는 것인데 이 말을 이 자리에 들어 세운 것도 정겹다. 바야흐로 계절은 바위 틈에 뿌리 내린 소나무 가지마다 앙증맞은 푸른 솔빛의 솔방울들이 물빛 가을로 접어드는 모습은 더없이 청정하다. 아 이럴 때는 누구든 하늘을 보며 양팔을 가득 젖히고 심호흡이라도 하고플 것이다. 참나무 도토리나무 잎사귀 사이로 살며시 고개 내민 상수리, 도토리가 빗

소리처럼 후드득 떨어져 내리고 몸이 날랜 줄무늬 다람쥐 형제가 금세 나타났다가 꼬리 쫑긋거리며 잽싸게 사라지는 모습도 가을이 오고 있다는 신호가 아니겠는가. 이제 화자도 친히 '너럭바위에 질펀히 앉아' 풀숲의 풍경을 내려다보고 있다. 가을빛 가득 머금은 '보라색 도라지꽃'이 피어나고 벌써부터 가슴에는 '오는 듯 가는 듯' 청초한 가을이 물들기 시작한다.

로키산맥 품속에 요호 국립공원
산봉우리마다
백설이 산신령처럼 앉아 있고
산자락에는
천연색 물감을 풀어놓은 듯한
에메랄드빛 호수가 펼쳐져 있다

여기가 도대체 어디인가?
천국 여행을 하는 듯한
신성한 황홀감이 온몸에 젖어든다

제스퍼 공원과 밴프 공원 사이

컬럼비아 대 빙원

설상차를 타고 빙하 안으로 들어선다

흐르는 빙하수 한 컵 목을 축인다

태곳적 전설이

영혼을 쓰다듬으며 온몸에 배어든다

가는 곳마다 이어지는 선경들

눈앞에 펼쳐진 설산과 청잣빛 호수들

저 멀리 드높이 하얀 톱슨 산

짙푸른 멀린과 루이스 호수

밋밋하게 뻗어 오른 싱싱한 침엽수들

빅토리아산이 다가온다

천국 열차를 타고 꿈속에서

별천지 세상에 와 있는 느낌

신묘한 자연경관에

정신마저 빼앗긴 채 그저 탄성뿐이다

                    -〈캐나다, 별천지 일기〉

 캐나다 요호 국립공원에 와서 로키산맥 품속에서
흰머리 산봉우리가 마치나 백발이 성성한 산신령처럼

앉아있다는 산자락은 에메랄드빛 물감을 풀어놓은 듯한 호수가 비단이불처럼 펼쳐진 절경이다. 화자는 이곳을 일러 신선의 나라에라도 든 듯하다 했고 '도대체' 여기가 어디냐고 물으며 천국을 여행하는 중이다. 그러면서 온몸이 젖은 것 같은 '신성한 황홀감'에 빠져든다고 했다.

*산이 높을수록 물 또한 깊다

도연명이 쓴 『도화원기』에 중국의 어부가 말한 난생 처음 보는 무릉도원 같은 황홀경을 숨김없는 탄성으로 노래한 것이다. 시인은 제스퍼 공원과 밴프 공원 사이에 있는 설상차를 타고 "컬럼비아 대 빙원"이라 노래한 빙하 안으로 들어선다. 이곳은 고스란히 태곳적 전설을 간직하고 있고 비단자락처럼 감기는 감동이 '영혼을 쓰다듬으며 온몸에 배어든다'고 했다. 가는 곳마다 선경은 이어지고 시인의 탄성 또한 그칠 줄을 모른다.

펼쳐지는 풍경마다 절경은 겹겹이어서 눈이 절로 호강하는 '설산과 청잣빛 호수들'은 그 자체로 인간의 세상이 아니라는 것이다. 그 풍경 너머 멀리에는 '하얀 톰슨 산'이 드높이 솟아있고 짙푸른 멀린과 루이스 호수가 드넓게 펼쳐져있다. '빅토리아산이 다가'오고 "밋밋하게 뻗어 오른 싱싱한 침엽수"림은 그 자체로 인간의 손길이 닿지 않은 원시림이 틀림없겠다.

천국열차는 꿈속을 달리고 시인은 끝없이 이어지는 별천지 하나하나에 감탄사를 담아가며 지구상에 이같이 신묘한 풍경도 있었구나를 정신을 빼앗긴 채 그저 바라볼 따름으로 〈캐나다, 별천지 일기〉는 한 편의 서경시의 장대함을 고스란히 담아내고 있다. 작품에 직접 쓰지는 않았지만 작품의 전편을 흐르고 있는 산과 물과 나무의 조화를 덤으로 읽을 수 있었다.

그리고 인간이 발 딛은 지상은 이들의 조화와 상생이 어우러진 거대한 한 편의 오케스트라가 아닐까를 생각게 한다. 실지 필자가 우리의 국토 백두대간을 등정하면서 실감한 일인데 산과 물의 상대성은 그 자체로 인간의 생명을 가꾸는 진실 된 요람에 다름 아니고 이들의 조화 속에서 자연 또한 생성을 계속하는 유기체적 원리가 생명이라고 필자는 생각한다. 그때 그 자리에서 확인한 것이지만 하나는 높고 하나는 낮은 것이 산과 물이지만 어김없는 진리처럼 산에는 반드시 물이 있고 물이 없는 산은 아예 살아있는 산이 아니라는 사실 또한 인지하였다.

산이 높을수록 물이 깊은 것 또한 이들의 세계가 이 같은 이치에 합당하다는 말 이상도 이하도 아니었다. 전경옥 시인이 캐나다 여행길에서 마주친 절경과 또 다른 절경에의 감상은 인간의 발길이 닿지 않는 원시 상태의 풍경이 이보다 더 신비할 수 있을까를 가르쳐 준 여행에 다름 아니었다.

대전 계족산 황톳길
맨발로 걷는 산책로 시원한
감촉이 매끄럽다

낭랑한 산새소리
앙증맞은 다람쥐들
불쑥 불쑥 튀어 나오는
오솔길

개암나무 아래 개미떼들

긴 행렬이 장엄하다

체로키 인디언들
오클라호마 보호구역으로
강제 이송되던 눈물의
여로처럼 뭉클하다

어린개미들은 쉬임 없이
어디를 향해 가고 있는가
개미 닮은 우리의 삶도
저 높은 곳을 향하여 먼 길
걷고 있다

─〈황톳길 개미〉

이것도 바람을 만나 보급된 하나의 흐름이며 추세라
할까. 주변을 둘러보면 전에는 보지 못한 맨발걷기가
너나없이 한창이다. '대전 계족산 황톳길'도 말 그대로
산책로를 이용한 맨발 걷기가 대단히 활발한 모양이다.
그런 때문에 맨발걷기를 건강 가꾸기에 열심인 사람들
의 필수코스로 얘기하는 사람들을 주변에서 심심찮게

볼 수 있다. 필자는 황토의 고장 남도에서 태어나 생활해온 관계로 산야에 널브러진 선홍빛 황토를 무시로 보고 살아왔다. 작품에서도 감촉이 매끄럽다는 황톳길의 시원한 맨발 걷기가 과장 없이 그대로 그려진다.

여기저기서 갖가지 새소리는 들려오지, 오솔길 군데군데에서 "불쑥 불쑥 튀어 나"와 앙증맞게 노닐고 있는 다람쥐의 모습은 산책길에서 만날 수 있는 진객 중의 진객이다. 인간으로 치면 민족의 거대이동을 보는 것 같은 개미떼의 행렬은 그리 많은 짐을 지고 어디로 이동하는지 궁금하기조차 하다. 한편으로 개암나무 아래를 기나긴 행렬처럼 가고 있는 개미떼들은 흡사 맨발걷기에 모여든 사람들의 행렬을 연상시키기도 한다.

그래서 필자는 개미의 행렬은 맨발 걷기에 나선 인간 군상들의 행렬을 그리 표현한 것은 아닌가 생각하기도 했었다. 그들 개미의 행렬에서 화자는 문득 "오클라호마 보호구역으로/강제 이송되던 눈물의" '제로키 인디언들'을 연상하고 있다. 그들이 늘어서서 행렬을 이룬 '여로'가 이 같을 수 있었겠다 생각하면서 가슴 뭉클하다고 한 것이다. 저 많은 어린 개미들은 휴식도 없이 운명의 행군을 계속하고 있는데 도대체 이들은 어디에서 출발하여 어디로 가고 있는 것일까가 궁금하여 화자는 "저 높은 곳을 향하여 먼 길"을 가고 있는 개미들의 행렬이 바로 우리 인간의 행렬이 아닌가를 묻는 것처럼 보인다.

*종소리 앞에 머리를 조아린 〈만종〉이 생각나

우리가 이들 개미의 행렬에서 찾고 있는 이동의 의미가 바로 우리 인간의 행렬과 진배없다는 화자의 생각은 그런 의미에서 주체와 타자의 동일화로 음미할 만한 현상이라고 생각한다.

고요한 관악산 둘레길
소쩍새 우는 밤길을 걷는다
황금빛 안개처럼
가로등 불빛에 날리는 송홧가루

아카시아 꽃들도 아우러져
하얀 눈빛 드러내고
여인이 스치듯 꽃향내가 난다

향교 옆 계곡물 조잘거리는

청아한 물소리

대낮에 버티고 서 있던 왜가리는

어디에서 잠들어 있을까

이따금 소쩍새 울음소리

어둠을 헤치고 흘러나온다

어느 여인의 한 맺힌 울음이던가

밤꽃 향 한 아름 가슴에 품고

불빛 기다리는 집으로 향한다

-〈소쩍새 우는 밤〉

소쩍새가 우는 밤은 왠지 청승맞기도 하고 우수에 찬
처량함도 느껴진다. 시인은 '소쩍새 우는 밤'에 "고요한
관악산 둘레길"을 걷고 있다. 가로등이 뿌리는 불빛이
마치 황금빛 안개처럼 날리는 '송홧가루'를 닮았다는
비유는 탁월하다. 이 틈에 하얀 눈빛을 드러내고 있는
아카시아 꽃까지 어우러져 사방에선 여인의 향내가
스치듯 꽃향내가 가득하다. 이럴 때는 향교 옆을 조잘

거리며 흐르는 계곡의 물소리마저 더없이 청아하다. 인구 천만 명이 살고 있는 서울의 도심에서 숲길을 걸으면서 들을 수 있는 물소리는 그 자체로 대단한 분복처럼 여겨진다.

그때 문득 "대낮에 버티고 서 있던 왜가리"가 생각나고 지금은 그 왜가리가 어디에서 잠들어 있을까를 궁금해 한다. 대저 시인다운 발상이다. 이따금씩 어둠을 헤치고 들리는 소쩍새 울음소리는 한 맺힌 어느 여인의 울음처럼 처연하다. 화자가 걷고 있는 시간은 밤 시간이 분명하고 밤꽃 향기를 가슴에 안고 그리운 가족들이 기다리는 집으로 발걸음을 옮기는 전경옥 시인의 〈소쩍새 우는 밤〉의 언어에는 하루 일을 마치고 묵상하기 위해 종소리 앞에 조용히 머리를 조아린 밀레의 〈만종〉을 생각게 한다.

이스탄불의 나라, 튀르키예
지축을 뒤흔든 강진으로
수천 채 아파트가 무너져
절규가 하늘로 치솟는다
눈물이 대지에 휘감긴 공포 속

목숨을 건 구조 활동에도
절망은 꿈적도 하지 않는다

무릎을 꿇어 둥글게 웅크린
막막한 표정의 여인
그녀의 품 안에
3개월 된 아기의 눈빛이 빛난다

아가야!
만약 네가 생존하거든
내 몸이 부서져도
난 너를 하늘만큼 사랑한다는 걸
꼭 기억해야 한다

-〈엄마, 별이 되어주마〉

　작품의 제목에서 엄마가 별이 되어주겠다니 그 사연이 장히 궁금하다. 작품에서 읽은 〈엄마, 별이 되어주마〉는 "지축을 뒤흔든 강진으로/수천 채 아파트가 무너져/절규가 하늘로 치솟는" '이스탄불의 나라, 튀르키예'가 그 배경이 되고 있다. 예로 든 작품의 모습만으로도 더 이상의 표현이 무의미한 생지옥이 따로 없겠다.

이 나라의 현장에서 본 절망이 얼마나 큰지 눈물의 공포가 대지를 휘감는다 했고 "목숨을 건 구조 활동에도" 얼마나 큰 절망인지 꿈쩍도 않는다고 했다. 아마 인간의 힘으로는 움직일 수 없는 거대한 크기의 절망을 이리 표현한 것이리라. 그래도 인간이 할 수 있는 것은 '기도'뿐이라 무릎을 꿇어 둥글게 웅크린 여인의 표정에선 그 어떤 희망도 볼 수 없었던 모양이다. 그 여인의 품안에 안긴 3개월 된 '아기'의 빛나는 눈빛만 유난히 클로즈업 되어 읽히는 것이 그것이다. 이때 한 편의 절명시처럼 비장하게 들려오는 목소리가 있었는데 그게 바로 아가를 향한 엄마의 목소리였다.

'만약 네가 생존하거든' 내 몸이 부서져도 "너를 하늘만큼 사랑하는" 이 어미가 있다는 것을 반드시 기억해 달라는 유언장 같은 표현은 그 자체로 비장함이 느껴지고 이 같은 마음을 간직하며 독서한 〈엄마, 별이 되어주마〉는 특별한 느낌에 나아갈 수 있었다.

한여름 무성하던 푸르름
온데 간데 없이

계절 따라 자취를 감추고

앙상한 나뭇가지에
울긋불긋 매달린 사연들
허공에 나부낀다

지난여름 숱한 비바람에
시달리며
이렇다 할 열매 없이

이제는 칙칙한 잎새 몇 잎들
숭숭 뚫린 구멍마다
붉은 눈물 짓는다

낙엽들 이리저리
정처 없이 떠도는 가을 저녁

편지에 쓰고 싶은 사연들
가슴속 깊이 간직하고 있겠지!

　　　　　　　　　　　-〈우리도 낙엽 되리니〉

우리가 흔히 말하는 종말의식 같은 것이 스스럼없이 읽히는 〈우리도 낙엽 되리니〉는 작품을 독서하면서 두 가지 점에서 눈여겨졌다. 하나는 누구나 언젠가는 낙엽처럼 떨어져서 사방팔방으로 흩어지는 존재적 의미가 그것이고 다른 하나는 낙엽이 되어 부엽토처럼 또 다른 세상을 우거지게 하는 밑거름으로서의 신생의 의미가 그것이다.

*적막만을 휩쓸고 간 아픈 여운이 읽혀

실지 작품이 그 같은 것을 요량했는가의 여부는 그리 중요한 것은 아니라고 생각한다. 녹음이 무성한 계절에 그리도 푸르던 산천초목은 바뀌는 계절과 함께 그 모습이 완전 달라지는 것을 볼 수 있다. 그래서 조락의 계절, 가을이 되면 울긋불긋한 갖가지 사연들을 가지마다 매달고 있던 나뭇가지는 이내 앙상한 모습을 드러내고 떨어져 내린 나뭇잎은 바람 따라 허공을 나부끼게 된다.

녹음이 무성한 여름이라 하여 어찌 순탄하기만 했을까. 자심한 비바람에 낙과들을 떠나보내고 이렇다 할 소득 없이 매달린 '붉은 눈물' 같은 고엽枯葉들은 숭숭 뚫린 구멍으로 지난 시간들을 호흡하듯 드나들고 바람에 날리는 허무가 자못 실감나는 계절이 가을이다. 그러나 '가을'이라는 계절이 어찌 자연에만 존재한다든가. 우리 인생의 세월에도 이리저리 쏠리는 낙엽처럼 지팡이 짚고 정처 없이 떠도는 자의 모습은 쓸쓸하다 못해 처연한 가을의 모습이 틀림없다.

이럴 때는 어딘가의 누구를 향해 편지를 쓰고 싶고 한편으로는 부치지 못한 채 가슴에나 간직하는 계절이 유의미하게 읽히는 것은 결코 우연은 아닐 것이다. 여기까지 작품을 독서한 우리 또한 비록 이리저리 흩어져 갈지라도 그 자체로 뒷세상을 향한 부엽토의 의미는 훈육의 차원을 향한 결코 가벼운 것이 아니었다고 생각된다.

핼러윈 축제로 빼곡히 들어찬
이태원의 밤거리
젊은 인파의 아우성이
거리의 밤공기를 가득 채웠다
술렁이던 거리가

갑자기 길바닥에 쓰러져 짓밟힌

까마귀처럼 울고 있다

싸늘한 낙엽처럼 찢어져 누워버린

젊은 꽃잎들이

어둠의 거리에 즐비하게 깔려

조문 나온 국화꽃도

슬픈 눈빛에 얼룩져 흩어졌다

유령 복장에 괴물처럼 분장하고

집집마다 찾아다니며

사랑의 초콜릿을 나누던 축제가

한순간에 무너져

비명이 뒤엉킨 난장판이 되었다

잎새들은 떨어져 새봄을 기약하지만

무너지고 깨어져 사라진

젊은 영혼은 가을과 함께 멀어지고

불빛 수놓았던 밤거리는

적막과 우울한 바람만 지나간다

-〈이태원의 비명〉

기억하기조차 고통스러운 '이태원 참사'는 2022년 10월 29일 오후 10시 15분경 서울시 용산구 이태원동 119-3번지 일대 해밀톤호텔 옆 골목에서 핼러윈을 즐기려는 다수의 인파가 몰린 가운데 통제 인력 배치는 물론 현장 통제마저 제대로 이루어지지 않는 상태에서 300명이 넘는 압사상자壓死傷者가 발생한 대형 참사를 이르는 말이다.

시인은 이날의 일들을 "사랑의 초콜릿을 나누던 축제가/한순간에 무너져/비명이 뒤엉킨 난장판이 되었다"고 노래한다. 그날의 이태원 밤거리는 빼곡히 들어찬 핼러윈 축제를 찾은 젊은 인파들로 입추의 여지없이 "거리의 밤공기를 가득 채웠"었다. 몰려나온 인파는 제 무게를 감당하지 못한 채 허망하게 무너졌고 일순 술렁이던 거리는 "갑자기 길바닥에 쓰러져 짓밟힌/까마귀처럼 울고 있"었다고 했다. 청천벽력도 이만한 청천벽력이 또 있을까 싶다. 짓밟힌 채 낙엽처럼 즐비하게 깔린 '젊은 꽃잎들이' 어둠의 거리에서 싸늘하게 널브러져 있었다. 이 자리에서 그 어떤 위로와 애도가 수긍될 것인가.

조문용으로 진열된 국화꽃도 슬픈 눈빛에 얼룩져

더 이상의 말을 잃어버리고 말았다. 당시 현장의 젊은 이들은 그 축제의 성격상 "유령 복장에 괴물처럼 분장하고/집집마다 찾아다니며" '사랑의 초콜릿'을 나누던 행사였다고 한다. 그런 것이 한순간에 무너진 인파로 하여 "비명이 뒤엉킨 죽음의 난장판이 되"고 말았다. 자연에서 떨어진 잎새들은 '새봄을 기약하건만' "무너지고 깨어져 사라진" '젊은 영혼'은 강물과 함께 멀어진 채 불빛들로 수놓았던 밤거리의 아픔만을 남기고 갔다, 되새겨 볼수록 우울하고 슬플 뿐인, 바람의 적막만을 휩쓸고 지나간 아픈 여운이 읽히고 또 읽힌다.

하지만 비명만 남은 이태원 참사를 시인은 애도하는 마음과 함께 "잎새들은 떨어져 새봄을 기약"한다는 마음으로 산화한 젊은 영혼들의 부활을 기원하고 있다.

고향 마을 들길에

내리던 눈발처럼

첫눈이 푸설푸설 내린다

앙상한 가지에

드문드문 남은 낙엽들

엉겨 붙어 바람결에 떨고

플라타너스, 오동나무, 은행나무 잎새들
저희끼리
낮은 목소리로 소곤소곤 이야기한다

어릴 적 군고구마 먹으며
밤새도록 이야기꽃 피우던
겨울밤의 구수한 추억들

하늘나라로 떠나신 어머니 아버지
그리고 뿔뿔이 흩어진
그리운 오빠와 동생 생각에

텅 빈 하늘 무심히 바라보다
눈가를 스치는 눈송이
슬픔처럼 가슴에 녹아내린다

- 〈첫눈 오는 날〉

서정시는 어느 의미에선 센티멘탈을 체질처럼 노래

한 측면이 있다. 위의 작품 〈첫눈 오는 날〉도 풋풋한 감성이 창유리의 성에처럼 어리는 표현들을 읽을 수 있다. 첫눈이 푸설푸설 내리는 날에 화자는 고향마을의 들길을 만나가루 같은 눈발을 마음으로 맞으며 대자연과 얘기를 나눈다.

*세월 저편에다 '저희'라는 꽃밭 하나를 일구고

이미 잎이 진 앙상한 가지에는 엉겨 붙은 낙엽들이 드문드문 바람결에 떨고 있고 지상에 떨어진 "플라타너스, 오동나무, 은행나무 잎새들"이 낮은 목소리로 소곤소곤 이야기를 나누는 이 시간은 낭만적이게도 첫눈이 내리는 시간이었다. 간절하고 간절한 지고. 어릴 적의 추억은 새길수록 새로워지고 구수한 추억을 굽듯 "군고구마 먹으며/밤새도록 이야기꽃을 피우던" 시간으로 돌아가서 겨울밤은 깊어만 갔었던 것을 이리 아름답게 추억하고 있다.

이미 세상을 떠나신 부모님 생각과 이산가족처럼 뿔뿔이 흩어져 저마다 일가를 이룬 오빠, 동생 생각에 무연히 바라다본 텅 빈 하늘에는 눈가에 눈송이를 뿌리

는 날씨에다 깃발 같은 낭만성이 나부끼고 있다. 그럴
때면 까닭 없이 녹아내리는 가슴속 깊이 감당 못할 슬
픔을 느끼면서 지난 세월을 하염없이 헤아려 보는 것
이다.

오늘은 어버이날 어느새 칠십 고개
카네이션 달아드릴
부모가 안 계시니
가슴에 쓸쓸함이 일렁인다

어젯밤 딸들이 놓고 간
카네이션과 선물
물끄러미 들여다본다
재롱을 떨고 간
외손자 모습이 어린다
드로잉한 결혼사진
정성들여 만든 액자

"참으로 싱그럽고 아름다웠을
아빠 엄마의 청춘이

'저희'라는

고운 꽃을 피워 주셔서 감사합니다."

박하사탕처럼 가슴에 화하다

세 딸을 낳아 키운 세월이

봄날 안개처럼 눈가에 어른거린다

- ⟨'저희'라는 꽃을 피워⟩

⟨'저희'라는 꽃을 피워⟩, 이 작품은 제목부터가 특이하다는 인상을 준다. 무슨 얘기를 풀어내려고 '저희'라는 말에 휴지를 주어가며 이리 제목을 붙였을까를 생각하면서 더 깊이 작품을 들여다보게 된다. 화자는 어느새 '칠십 고개'에 다다랐고 오늘은 온 세상천지가 들썩거리는 어버이날이다.

작품에서 읽은 어버이날은 칠십 고개에 올라 맞이하였는데도 화자가 자식들에게 받는 날이라기보다는 자신이 자식이 되어 지상에 계시지 않는 어버이를 향하여 "가슴에 쓸쓸함이 일렁"인다고 울먹이듯 술회하는 작품이다. 지금은 어버이날이 부모의 가슴에 너나

없이 카네이션을 달아드리는 것으로 예를 갖추지만 어머니날이 처음 시작될 당시의 미국에선 살아있는 사람들의 가슴마다 부모가 계시면 빨간 카네이션을, 계시지 않으면 하얀 카네이션을 패용했다고 했었다.

그런데 화자인 시인도 딸들이 지난밤에 놓고 간 카네이션과 선물꾸러미를 물끄러미 바라보고 있다. 그러면서 눈에 넣어도 아프지 않을 재롱둥이 외손주의 모습이 아른거리고 드로잉으로 마련한 결혼사진에 정성들여 끼운 아름다운 액자까지 참으로 흐뭇하게 여겨지는 모습에다 메모 하나가 놓여있다. 거기 쓰였으되 "참으로 싱그럽고 아름다웠을/아빠 엄마의 청춘이/저희, 라는/고운 꽃을 피워 주셔서 감사합니다." 이보다 아름다운 사랑의 언어가 어디 있을까. 화자는 한마디로 그 자리에서 "박하사탕처럼 가슴이 화"한 느낌을 받았다고 했다.

사랑과 감사가 담긴 언어적 표현에서 박하사탕처럼 가슴이 화해지는 것은 어찌 작품 속의 화자뿐일까. 이쯤에 와서 '저희'라는 말은 새삼 구체적으로 음미되고 그들 모두가 꽃을 피웠다는 것을 읽을 수 있다. 화자가 작품에서 고백처럼 밝힌 "세 딸을 낳아 키운 세월이"라

한 부분이나 그 세월이 "봄날 안개처럼 눈가에 어른거린다"고 한 부분에서 화자가 지나온 그간의 세월을 읽을 수 있다.

돌아보기에 따라 강물처럼 아스라이 흐른 세월 저편에다 '저희'라는 꽃밭 하나를 일구었고 그 꽃밭 또한 박하사탕처럼 가슴이 화한 사랑의 정원으로 어우러져 사랑에 터 잡은 아름다운 사람세상을 새삼 실감나게 한다.

　　새해 아침 관악산에 오른다
　　고요한 아우성
　　펄펄 날아오는 흰나비 떼
　　우뚝 선 바위
　　갈참나무 허리에 하얗게 덮인다
　　한겨울을 버티는 나뭇가지
　　겨울 나그네처럼 걷는
　　발자국을 고즈넉이 지켜본다

　　산새들의 지저귐도
　　겨울잠에 빠져있나

길섶 눈 밟히는

발자국 소리만 분주하다

아슬한 자일 위로

높이 하늘이 열리고

새날의 푸른 가슴이 열린다

층층 계단 숨 몰아 오르니

산 아래 펼쳐진 설원이

아득한 옛 추억을 부른다

열성경기를 하던 어린 아기

등에 들쳐 업고

허겁지겁 병원으로

내달리던 아픔이

눈 덮인 세월 속에 녹아내린다

　　　　　　　　　-〈관악산 연주대에 오르며〉

　작품 제목에 보이는 '연주대戀主臺'는 경기도 시도기념
물이자 기념유적지이며 경기도 과천시 중앙동 85-2에
위치한 관악산 주봉 중 대臺를 이룬 한 봉우리를 말한다.

1973년에 경기도 기념물로 지정되었고 깎아지른 듯한 바위 벼랑 위에 약간의 석축을 쌓고 30입방 미터 쯤 되는 대臺를 연주대라 하고 이곳에 응진전應眞殿이라는 현판이 걸린 불당이 꾸며져 있다.

*나뭇가지들이 팔을 내려 인기척을 보내고

그 뒤에 솟은 말바위는 올라타면 누구나 득남한다는 전설까지 지니고 있다. 또 다른 전설에는 조선왕조 개국 초에 무학대사의 권유를 받고 이곳으로 도읍을 정함에 즈음하여 태조 이성계는 이 연주대에 친히 올라 국운장구를 빌었다. 그리고 이곳에다 원각圓覺 · 연주戀主 두 절을 짓고 서울을 비치는 화산火山의 불길을 진정시키려는 의도를 담고 있다. 임금 자리를 세종에게 양보한 양녕이 이곳에서 효녕과 놀면서 지었다는 오언절구는 이렇다. "산노을로 아침밥을 짓고/여라女蘿의 덩굴에 걸린 달이 불을 밝히네/홀로 외로이 바위 아래/오로지 탑 한층 만이 남아있네"(원문은 생략)로 노래한 이 작품은 지금껏 여러 사람에게 회자되는 유명 작품이 되어 있다.

시인은 새해의 아침시간에 환상 속에 "펄펄 날아오는 흰나비 떼"처럼 '고요한 아우성'으로 우뚝 선 바위 위를 오르고 있다. 지나온 길은 늘상 회한에 가득한 것, 역사의 숨결이 김 서린 이곳 연주대를 새해 아침에 겨울 나그네처럼 걸어가는 시인의 길에 한겨울을 버티는 나뭇가지들이 사람처럼 팔을 내려 인기척을 보내고 잠시 발길을 멈추고 고즈넉이 지켜보는 시인의 눈길이 마냥 웅숭깊기만 하다. 만물이 겨울잠에 빠졌는지 산새들의 울음소리도 그치고 사방이 고요한 가운데 사각사각 길섶의 눈 밟히는 발자국 소리만 분주하다. 아슬한 자일 위로 하늘이 높이 열리고 덩달아 시인의 가슴도 푸른 희망으로 열리는 것을 느끼며 화자는 가쁜 숨을 몰아쉬며 쉬지 않고 향상의 길을 오른다.

　산 아래 펼쳐진 '설원'이 아득하고 옛 추억들이 아지랑이처럼 한 자리에 모락거린다. 그때 문득 "열성경기를 하던 어린 아기"를 등에 들쳐 업고 걷는지 뛰는지조차 모르게 허겁지겁 내달리던 그날의 아픔이 눈 덮인 세월 속에 녹아내리는 것을 느낀다. 연주대를 오르는 시인의 발길은 그 자체로 희망을 계단 삼아 높이높이 오르는 '새날' 새아침의 길이었던 것이다. '연주대'

는 이름처럼 임금을 연모하며 한양의 하늘을 바라보는 그리움과 희망의 누대였을 것으로 이해된다.

마찬가지로 새날의 희망을 부르기 위해 눈길을 헤치고 힘들었던 지난날의 여러 일들 모두를 부려놓고 새해 아침에 올랐던 관악산 연주대는 시인에게 다가온 희망봉 그 자체가 아니었을까.

입춘 지나 차가운 기운 뚫고
노란 복수초 삐죽이
가녀린 꽃눈을 내밀었다

푸른 봄빛 돋아나는
고향 산골 마을 양지에
노랗게 피어있던
산수유꽃이 아른거린다

잔솔길에 미풍 소곤거리고
구름 걷힌 하늘가에서
따사로운 햇살이 내려온다

내 사는 아파트 뜨락에도

오래 묵은 벗나무

꽃눈 휘날리니

까치들도

이 가지 저 가지로

찌지직거리며 날아다닌다

들길에 지천인

봄까치꽃, 개나리꽃, 수선화

눈길을 붙잡고 놓아주지 않는다

들뜬 가슴에도

연분홍 봄빛이 살며시 기어든다

-〈꽃들의 향연〉

'노란 복수초 삐죽이/가녀린 꽃눈을 내'민 어름에는 '입춘'을 문패 달고 차가운 기운을 밀어낸 대지에 갖가지 초목들이 만화방창 피어나고 있다. '복수초'는 노란 꽃이 아름다운 미나리아재비 과의 식물로서 우리 나라 전역에서 자라는 다년생 초본이다. 생육환경은

햇볕이 잘 드는 양지와 습기가 있는 곳이면 어디든 잘 자라는 관상용과 약용을 겸한 식물이다. 줄기 끝에 달린 꽃이 양지 녘에 피었을 때는 유난히 화사하고 봄을 밝히는 등불의 이미지가 다분하다.

이제 복수초도 피었겠다. 사방에는 푸른 풀빛 돋아나는 굿이고 마치 배턴 체인지를 하듯 산골 마을 양지를 찾아 노란 산수유가 온통 내 세상인 것처럼 지천으로 피어난다. 이제 잔솔가지 흔드는 미풍이 살랑거리고 구름 걷힌 하늘가에는 하늘의 은혜인 듯 따사로운 햇살이 온 세상에 내리 깔린다. 시인이 거주하는 아파트 화단에도 묵은 벚나무가 팝콘 같은 꽃들을 숭어리 숭어리 매달고 눈발처럼 꽃잎들을 휘날리면 봄에 때 아닌 눈발이 날리는가 싶기도 하다.

*고향은 그리움이 솟는 마르지 않는 생수받이

'이 가지 저 가지'로 찌지직거리며 날아다니는 까치들도 봄이면 만날 수 있는 일급 빈객이라고 하겠다. 들녘이면 아무데서나 무한정으로 자라는 "봄까치꽃, 개나리꽃, 수선화" 등속이 봄을 찬미하는 노래처럼 온 세상에 가득해진다. 눈길을 붙들고 놓아주지 않는 저들이 있어 이 봄날의 하루하루가 아! 무한대로 열려 행복한지고. 가슴은 마냥 들뜨고 연분홍 봄빛이 스며드는 이 지상은 행복과 기쁨에 물이 드는 최상의 계절이 아니고 무엇인가.

이웃이 건네준 토실한 밤을 먹으며
뒷동산에 떨어진 알밤을 줍던
어린 시절이 달려 나온다

아빠가 깎아주시던
달콤한 맛
산등성이에 날아가는 산새처럼
아득한 전설이 되었다

새로 이엉을 엮어 올린 지붕
가을바람에 잎 떨구고
빨갛게 매달린 홍시
저녁연기 풀풀 날리던
고향마을의 그리움

가을 들판에 고개 숙인 벼 이삭

산기슭 서걱거리는 갈대의 속삭임

파란 하늘 고추잠자리들

석양에 끼룩거리던 갈매기 떼

벼 줄기에 한가로이 톡톡거리며

뛰놀던 메뚜기들

행길가 하늘거리던 코스모스

세월의 뒤안길에 묻힌

추억이 촉촉이 배어 나온다

-〈세월의 오솔길〉

〈세월의 오솔길〉은 화자가 이 작품에서 독자를 향해 어떤 세월을 살았을까를 덤으로 읽게 하는 작품이라고 하겠다. 시인은 이웃이 건네준 알밤을 구워 먹으면서 어린 시절 뒷동산에 올라 떨어진 밤을 줍던 날들을 추억한다.

그러나 어린 날 빚어진 그 정겨운 시간들은 어찌 뒷동산에서 줍던 알밤뿐이겠는가. 어릴 때 노래에서 배웠던, 망태기를 들고 보름달을 따라 뒷동산에 오르면서 자못 씩씩하게 불렀던 달노래도 그 시절을 추억하는 오롯함이라 하겠다. 작품 속의 화자는 아버지께서 알밤을 깎아서 먹여주시던 때의 달콤했던 맛을 되살리며 감격해한다. 그런데 그 같은 이야기나 추억들은 산등성이를 날아간 산새처럼 아득한 전설이 되어버렸다는 대목의 표현에서 뒤돌아보아 세월 참 많이 흘렀다는 회한의 감정 또한 함께 읽힌다.

세월에 걸어 이야기를 풀어내자면 어찌 이뿐이라 하랴. 새로 이엉을 엮어 지붕을 이던 무렵 가을바람에 이파리를 떨구고 빨간 홍시를 매달고 섰던 감나무에의 추억도 결코 가벼운 것이 아니다. 저녁 무렵이 되어 귀가할라치면 굴뚝에서 피어오르던 밥 짓던 연기가 고향 생각을 사무치게 그리는 으뜸 품목이라 하겠다. 고향은 그 자체로 그리움이 샘솟는 마르지 않는 생수받이가 분명하다.

가을 들판을 가득 채운 황금 벼의 장관 또한 세월의 흐름에도 전혀 변색 되지 않고 생생하기만 하다. 바람에 속삭임처럼 흩날리는 산기슭의 키 큰 갈대들도 이날까지 고향산천을 떠올려 사색케 한다. 유난히도 파란 하늘 아래 고추잠자리 떼의 비상은 대낮에 날리는 불티처럼 이채롭기만 했었다. 석양이면 끼룩거리던 갈매기 떼도 세월의 길목에서 만날 수 있었던 추억의 주요 품목인 것은 물론이다. 벼 줄기 이쪽저쪽을 툭툭거리며 날아다니던 메뚜기 떼의 광경도 가을이라야 떠올릴 수 있는 진풍경 중 하나였다. 한길 가에 늘어서서 환영인파처럼 오가는 사람들을 하늘거리던 코스모스는 가을을 가을답게 하는 진짜 품목이었다.

이 모두를 하나로 묶으면 추억은 산처럼 높아지고 이럴 때 오솔길을 따라 끝이 나올 때까지 걸어가고 싶다는 화자의 생각은 독자들의 생각과도 별반 다르지 않으리라. 요컨대 '세월의 오솔길'은 이 같은 지난날의 그리움의 품목들 하나하나를 들춰보고 소환하는 추억의 거대한 창고가 아니고 무엇이겠는가.

안성 예술인 마을에서
선잠을 깬다
눈 쌓인 사위가 고즈넉하다

오디오에서는

슈베르트의 겨울 나그네가

옷깃을 세우고 걷는다

베토벤의 운명이

장엄하게 심금을 울린다

마당 한 편

갈참나무 잎이

추위에 떨며

눈 속에 숨어있다

실금이 그어진 그대로

살아온 삶이 힘겨워

마음에도 얼굴에도

실금이 그어졌다

저녁때 돌아갈 집이 있다는 것은

힘들 때 마음속으로

의지할 주님이 있다는 것은

-〈돌아갈 집이 있다〉

김삿갓 시인이 고종명考終命에 읊었다는 작품은 그 시작이 이렇다. "날아가는 새도 제 찾아갈 집이 있는데 나는 어이하여 대지팡이 하나에 의지하여 동가식서가숙東家食西家宿으로 여기까지 흘러왔나…." 사실 사람에게 돌아갈 집이 있다는 것은 가족이 있다는 것이고 그곳에서 몸을 눕히고 만 가지 시름을 덜어가며 쉴 수 있다는 휴식의 의미가 다분하여 이것만으로도 우리가 꿈꾸던 행복이 전제되어 있다.

*주님의 큰 사랑이 숨 쉬는 행복감을

화자가 무슨 일로 '안성 예술인 마을'에 갔는지는 모르지만 그곳에서 화자는 선잠을 깼고 둘러보니 주위 사방이 눈 쌓인 채로 고즈넉한 느낌이었다. 오디오에서는 슈베르트의 '겨울 나그네'가 옷깃을 세우며 걷게 하고 베토벤의 '운명' 또한 장중한 리듬으로 심금을 울린다고 했다. 마당 한 편에선 장정처럼 서있는 갈참나무가 잎들을 죄다 떨어뜨린 모습으로 설雪 중의 추위를 견디며 실금이 그어진 채로 자신을 숨기고 있는 듯하다고 했다.

그래 사는 일은 누구의 가슴에나 실금을 긋는 일인지도 모르지. 화자에게도 지난 시간은 그리 힘겨운 날들이 많았었고 그로 하여 마음에도 얼굴에도 수없이 많은 실금이 그어지게 되었다고 했다. 안팎으로 얻은 상처가 이 같았다는 의미일 것이다. 사는 일이 힘겹다는 것은 통상적인 수사이고 인생을 두고 아예 '고해'라고 못 박는 일은 어느 인생이든 동일하다는 의미 이상도 이하도 아니라는 것 아니던가.

어느 누군들 마당 한 편에서 추위에 떨며 가슴에 그어진 아픔의 실금 한 두 개 숨기지 않고 살아갈까. 오르막과 내리막, 자갈밭과 평지를 반복적으로 오가는 일이 우리네 인생이라는 것은 그런 의미에서 무심상 넘길 수 없는 일이기도 하다. 그때 문득, 우리 인간에게 저녁시간이 되어 돌아갈 집이 있다는 것보다 더 큰 위안이 또 있을까 싶다. 돌아갈 집이 있다는 것과 힘들 때 마음으로 의지할 '주님'이 계신다는 것은 동일 의미로 이해해도 좋을 듯하고 나아가 우리네 삶에서 이보다 큰 위로와 선물은 없을 것 같다.

주님께서 "이루었다 이루었다 모두를 이루었다."라고 하셨을 때 주님의 큰 사랑 안에서 더 이상은 이룰

것이 없을 만큼의 크고 높은 헌신과 행복을 얻었다는 말이 아니고 무엇이겠는가. 항시 낮은 데로 임하셨고 아흔아홉 마리보다 잃어버린 한 마리의 양을 찾아나선 주님의 사랑이야말로 얼마나 크고 위대한가. 오른손이 하는 일을 왼손이 모르게 하셨던 주님의 사랑은 그런 의미에서 인간으로서는 꿈꿀 수조차 없는 절대사랑에 나아가 있다. 오른뺨과 왼뺨을 조건 없이 내놓으셨던 주님의 큰 사랑이 숨 쉬는 집으로 돌아갈 수 있다는 행복감을 그 무엇과 비교할 것인가.

전경옥 시인의 작품들을 독서한 행복감이 이에 이르렀음에 독자로서 감사한다. 우리 또한 〈돌아갈 집이 있다〉는 작품을 오아시스를 찾아 갈급한 목을 축이는 사람처럼 마지막에 남겨두고 독서한 이유 또한 여기에 있다.

청매화 핀 계절에 세상 사람이 쉬어갈 자리를 마련하여 휴식의 의미로 노래한 〈청매화 그늘 되어〉, 가을빛 가득 머금은 '보라색 도라지꽃'이 피어나고 가슴에는 '오는 듯 가는 듯' 청초한 가을이 물들기 시작한다는 〈초가을 단상〉, 고스란히 서경시 한 편의 장대함을 담아내고 인간이 발 딛은 지상의 조화와 상생을 한 편의 오케스트라로 생각게 하는 〈캐나다, 별천지 일기〉, 인간으로 치면 민족의 거대이동을 보는 것 같은 개미떼의 행렬은 그리 많은 짐을 지고 어디로 이동하는지조차 궁금하게 하는 〈황톳길 개미〉, 어둠을 헤치고 이따금씩 들리는 소쩍새 울음소리는 여인의 울음처럼 처연하기까지 하고 밤꽃 향기를 가슴에 안고 가족들이 기다리는 집으로 발걸음을 옮기는 시인의 언어에는 하루의 일을 마치고 종소리 앞에 조용히 머리를 조아린 밀레의 〈만종〉을 생각게 하는 〈소쩍새 우는 밤〉, '만약 네가 생존하거든' 내 몸이 부서져도 "너를 하늘만큼 사랑하는" 이 어미가 있다는 것을 반드시 기억해 달라는 유언장 같은 비장함을 노래한 〈엄마, 별이 되어주마〉, 비록 이리저리 흩어져 갈지라도 그 자체로 뒷세상을 향한 부엽토의 의미가 훈육의 차원까지에 도달한 〈우리 낙엽 되리니〉, 짓밟힌 낙엽처럼 즐비하게 깔린 '젊은 꽃잎들이' 어둠의 거리에서 싸늘하게 널브러져 그 어떤 위로와 애도도 수긍될 수 없는, 우울하고 슬픔뿐인 아픈 바람만을 여운처럼 읽고 또 읽는 〈이태원의 비명〉, 첫눈이 푸설푸설 내리는 날에 화자는 고향마을의 들길을 만나가루 같은 눈발을 마음으로 맞으며 대자연과 얘기를 나누는 〈첫눈 오는 날〉, 자식들에게 받는 날이라기보다는 자신이 자식이 되어 지상에 계시지 않는 어버이를 향하여 가슴에 울먹이듯 술회하는 〈'지희'라는 꽃을 피워〉, 지나온 길은 늘상 회한에 가득한 것, 역사의 숨결이 김 서린 관악산 연주대를 새해 아침에 겨울 나그네처럼 걸어가는 시인의 길에 나뭇가지들이 팔을 내려 인기척을 보낸다는 〈관악산 연주대에 오르며〉, 가슴은 마냥 들뜨고 연분홍 봄빛이 스며드는 이 지상은 행복과 기쁨에 물이 드는 최상의 계절이 아니고 무엇인가를 묻는 〈꽃들의 향연〉, 지난날의 그리움의 품목들 하나하나를 들춰보고 소환하는 추억을 한 편의 작품에 담아낸 〈세월의 오솔길〉, 오른뺨과 왼뺨을 조건 없이 내놓으셨던 주님의 절대사랑으로 행복감을 만들고 힘들 때 의지할 '주님'을 돌아갈 집과 동일 의미로 노래한 〈돌아살 집이 있나〉 등등을 하나하나 눈여겨가며 독서할 수 있었다.

전경옥 시인의 제3시집 『노을에 젖은 책갈피』에 담아낸, 뗏목처럼 밀고 온 주제적 선명성은 '자연'과 '고향', 그리움 등을 거듭 확인한다. 어느 작가는 이제 우리는 고향가기가 천국가기보다 어렵다고 했지만 전경옥 시인이 마음에 새긴 고향과 그 고향에서 파생된 그리움과 자연은 언제나 손에 닿을 듯 가까운 곳에서 정겹게 숨 쉬고 있다. 우리에게 고향은 머릿속에 자리 잡은 생의 본래성이자 저녁이 되어 돌아갈 따뜻하고 편안한 집으로 상징될 수 있겠다. 세상은 "자리에만 눕지 않으면 모두가 젊은 세대"라는 인식이 가득할 만큼 우리들은 저마다 나이를 먹었다. 거기에다 오직 자신만을 앞세운 개인주의가 공동체 정신을 상쇄하는 시대가 되어 전경옥시인의 고향과 그리움과 자연에 대한 시적 관심은 그 자체로 시대의 인문정신을 회복하는 일이며 동시에 그만한 의미망 또한 형성한다는 생각이다.

*손에 닿을 듯 가깝게 숨 쉬는 고향

새삼스럽지만 '고향'은 저마다 나고 자란 땅을 뜻한다. 그런 의미에서 고향과 자연과 그리움은 모두가 '어머니'라는 한 단어에 수렴할 수 있었다. 어머니와 관련하여 핏줄에 실린 힘은 위대하다는 것이고 핏줄이 흐르는 곳은 언제나 양지 바른 고향이고 마음의 안식이 숨 쉬는 본래성에 다름 아니었다. 둥글게 웅크린 자연과 퍼즐조각처럼 마음 마음을 맞추다 보면 어느 새 가슴은 박하사탕처럼 화해지는 것을 느낄 수 있다. 전경옥 시인의 제3시집 『노을에 젖은 책갈피』를 통해 세상은 그가 노래한 박하사탕 같은 가슴 화한 그리움을 물들이며 사랑의 기나긴 물길로 멀리멀리 흐르리라.

전경옥 제3시집

노을에 젖은 책갈피

인 쇄 | 2024년 6월 10일
발 행 | 2024년 6월 17일

지은이 | 전경옥
펴낸이 | 노용제
펴낸곳 | 정은출판
출판등록 | 2004년 10월 27일 (제301-2011-008호)
주   소 | 04558 서울시 중구 창경궁로 1길 29 (3층)
전   화 | 02-2272-9280
팩   스 | 02-2277-1350
이메일 | rossjw@hanmail.net
홈페이지 | www.je-books.com

ISBN 978-89-5824-505-6 (03810)